K INK INK INK INK INK INK
INK INK INK INK INK INK IN
K INK INK INK INK INK INK
INK INK INK INK INK INK IN
K INK INK INK INK INK INK
INK INK INK INK INK INK IN
K INK INK INK INK INK INK
INK INK INK INK INK INK IN
K INK INK INK INK INK INK
INK INK INK INK INK INK IN
K INK INK INK INK INK INK
INK INK INK INK INK INK IN
K INK INK INK INK INK INK
INK INK INK INK INK INK IN
K INK INK INK INK INK INK
INK INK INK INK INK INK IN
K INK INK INK INK INK INK
INK INK INK INK INK INK IN
K INK INK INK INK INK INK
INK INK INK INK INK INK IN
K INK INK INK INK INK INK
INK INK INK INK INK INK IN
K INK INK INK INK INK INK
INK INK INK INK INK INK IN

INK

文學叢書

197

紫花

徐譽誠◎著

獻給·葉紅媛女士

目次

【序】佇立地獄入口的文字神靈

駱以軍

這些年來，在不同文學獎複審難免會暗自有屬意爲拔尖發光之作；卻在數月後揭曉的名單不見其蹤。因我始終相信這條路（尤其在現今的文學環境），其所要對自己誓諾、認清，近乎唐僧取經漫漫長征，所要捱忍之寂寞、不遇之憂鬱，完全不對等之時間心力投資與回饋，那鍛鍊故事、文字之野心，感受人心黑暗，造成妖魔侵蝕、神靈裂潰之苦，一紙文學獎之加持護庇，幾乎送出京城一里路程皆不到，所以總也如看Discovery那些美麗神物（北極熊、獅子、擱淺海岸岩礁之鯨、國王企鵝、非洲象）在超出牠們所能理解之環境惡化下，眼神茫然找不到出路的滅絕哀歌。

總有這些、那些，不同風格，其編織針法、祭起幻術之手印，或靈魂水瓶裡巧奪天工的微型多桅帆船，或古怪的迷宮路徑……讓我閱讀時心生歡喜豔羨嘆息，卻不知名的美麗作品。最終無緣地漂流錯身而過。

（某部分來說，那麼有才情的人，最終沒走上這條酷瘠之路，或也是福不是禍吧？）

眞像幾米的《向左轉，向右轉》這類的「錯過——時光印咒——惘然記」之故事，這樣的敘事開頭：「有一天……」有一天，我手上拿到這份徐譽誠的短篇結集稿，一種如夢境濃縮隱喻，如不同時刻惦記遺落在不同街角的寶石驟然串起，一種繁華影片快轉強迫烙印的刺目強光，轟然巨集如雷電劈下。「啊，這篇，還有這篇，另外這篇……不是那時……」風雨故人來，同時來了不同時光不同扮相的鮮衣怒冠美人兒，（《尋找劇作家的六個角色》？）原來是同一個捏陶匠、傀偶師傅，同一個魔術師的作品。

> 於是回到靜默。世界已沉睡，再不適合驚擾。將鑰匙握在手心，你回過身，眼前成片更衣鏡，映照深深海洋之底：整座沉落的老舊櫥櫃，在混沌暗影泥沙中，囚困方格裡原先屬於你的時光。你凝視海底遺跡前的自己，猶如因誤闖邊界而困惑不已的精瘦魚隻，一雙微光目珠，驚恐神情盯視外來訪客。〈游泳池〉

這樣的文字，眞讓不覺已在書寫池沼打滾二十年的我險險驚叫出聲。混沌如夢的裹脅所置身當代一切影像、話語、符號、流行語、媒體腔、城市印象……種種種種吞食進書寫的垃圾雜物，敘事身軀一如宮崎駿《神隱少女》那個胖大蹣跚的腐爛神，突然眼前光華照眼，文字神靈降臨；一整代遺失的文字之清麗颯爽，鑽石切面之光輝與冰冷，直如當年在陽明山初次展讀朱天文之《荒人手記》的「顏色週期表」。如伊斯蘭細緻畫中的噴泉花園諸神歡宴，每一莖植物、每一位神靈的臉部細節衣帶縐褶，每一枚字本身皆清晰、晶瑩，如水族長廊裡每一隻鱗光照眼的游魚。像《佛說阿彌陀經》中以字摶極域之夢的遍地琉璃、珠玉、瑪瑙、放光蓮花、諸寶行樹、妙音仙鳥……

那樣的字神降臨，幾乎使三千粉黛無顏色的華麗文字儀仗，眞眞讓我忍不住又嫉又羨想追問，這位作者的文字修鍊養成是走過怎樣的一條路徑？那條與神靈溝通的發光梯階不是早已傾圮壞毀？

那種失聰者眼見的光照尖銳之廊，失明者聽見的繁花簇放世界，一種在奇異的妖靜中將知覺的照片打開再打開（即不斷更新更高畫素的軟體，或禽鳥在高速俯衝時快速調焦的虹膜）。

靈魂已被蟲蛆蛀蝕刨空，身軀每一骨關節皆因過度荒淫操作而早衰洩油鬆脫，畫面中的人兒臉龐皆俊美如視覺系，心卻冰冷或如核反應廢料之濾渣，「用藥」確是一極限經驗（無論耽美、神祕、強光、寧靜）的加速器，所以藉藥物爲敘事魅影（或可稱「藥物系忍術」？）的「惡」，本身即是一「加速」後的奇士勞斯基版《十誡》；一種關於貪歡激爽，掏空慾望，潰褻人類文明「延緩」之祕密以交換巨大神啓的懲罰：枯灰死敗的廢墟如海礁上藤壺蔓延繁殖於你的眼睛耳朵感性與群體相處的僞扮時刻……那或是面對一整座繁華之城的現代天人五衰。

家暴、街頭暴力、肉身被拋擲毆擊時的物理性折彎裂潰，對黯黑卻豔麗（柏油路面的貓屍、女人腥臭的下體、嘔吐物、糞便）腐臭翻轉芬芳的《惡之華》之迷戀，這是波特萊爾系的都會吸血鬼現代招魂，城市的臉孔慘白、骷髏遊魂（那是《惡魔的新娘》、村上龍、《美麗失敗者》、《偉大的猩猩》的世界）。

〈極地〉是這其中最暴力內噬的一篇。燠熱的夜，納西瑟斯那樣的水仙美男，卻像宮崎駿《魔法公主》裡那遭憤怒豬神魔咒附身的少年戰士，慾望如饕餮紋如葡萄藤鬚在大腿內側擴蔓；站在痨病鬼般人渣形體佇立的地獄入口（似乎是萬年大樓沿破敗電扶梯而上，塞滿俗麗廉價玩具的典型第三世界造夢失敗的倒塌物神峽谷）。自憐自傷，既憎惡自己又蔑視那些在性儀式中無從選擇，自己的同族之人。

這樣的「孽子」、「荒人」、「鼠人」，從曼妙天人在腥臭濕熱城市天井般肉體結界中變貌，腔體內骨骼遭天譴抽換、哆嗦並疼痛的踟躕、漫步，走進香草、毒品與男胴的朝聖之境，自九〇年代以降，其實累積了相當質與量的小說地景：林俊穎、紀大偉、陳建志……或早些年一閃即逝，某一時期的林燿德、陳裕盛之日本暴力漫畫照相寫實風。

但〈極地〉顯然另闢蹊徑。在新一代「銀翼殺手複製人」的自我進化過程，這個作者似乎從更大量電影、翻譯小說找到一挪借自類似犯罪類型（CSI？）的懸疑、冷調、窺祕運鏡，城市業餘偵探翻揀垃圾箱以拼湊「不在場之人」（在犯罪電影裡是死者，此處是這慾火煎燒主角躲在暗處意淫的對象）。那當然讓我們想起奇士勞斯基的《愛情影片》；或這位作者幽默地嘲諷許多年前一位女作家潛伏張愛玲賃租公寓翻揀垃圾的「瀆神」公案……

那使我相信這位作者是個披了波特萊爾華麗戲袍的契訶夫：所有的妖嬈、靡麗、頹美、汁液、節慶的繁華與淒涼……若如金箔剝落，在祭出這近乎強迫症患者在「自己的房間」裡的胡搞亂弄：像《黑色追緝令》那間槍枝店的各式武器展示，假陽具、冰箱裡的根莖類植物、隔壁的交歡淫叫、網路連結的色情圖片，以及孤獨主角如拾荒人收集一整抽屜的，那偷窺意淫對象的各式貼身之物（蛇蛻之物；其實是垃圾穢物）……既孤寂又滑稽，既眼花撩亂又虛無疲憊。但在這一切孤獨馬戲團的「密室個人秀」之後，在這個悵然的耶誕夜尾聲，這位一路追求極限祕境的色情達人，業餘偵探，城市獵人，卻捧著一盒盛裝在蝴蝶結蛋糕盒裡的，那位不知情戀人最貼身信物（一坨大便）作爲耶誕禮物。這樣的驟轉突梯，欲哭無淚的狼狽苦笑，詼諧又悲傷，讀畢我心中忍不住大喊：「這是天才！這是個天才吧?!」

且看〈極地〉結尾，這位被自己窺淫儀式、無限聖物化色慾對象無意間留下的「天啓」（天上掉下來的禮物？）雷電擊中的主角，神魂甫定之餘所說的：

> 所以，該怎麼做？全身赤裸的你，凝視眼前未拆封禮盒，動也不動，姿勢像尊廢棄公園乏人問津蒼白石雕。時間一分一秒過去……你很清楚明白，這整件事和他一點關係都沒有；有天若他死了，你也不會流下任何眼淚。這一切，都只與你一人相關。

這本短篇集或因種種此間年輕文學創作者之艱難出版環境，使得書中諸篇之面貌呈現出一種不同時期小說家本人的化石地層之差異感。譬如〈我們〉、〈黑暗風景〉、〈回憶工程〉、〈視差〉即猶如同一世代集團，將敘事重兵集結於一家庭遊戲的、時光凍結的傷害劇場（其中當然〈視差〉一篇特別展示出這作者對品特式《重回故里》，控制與被控制者之意志對峙的暴力詩意與高度控制力）：遠距的家族相片時光走廊。或另一組如〈午茶時光〉、〈極地〉，在身分重組時灑豆成兵或偃旗息鼓復跌回塵埃陰影的零碎物件；戀物，或以微物之神為時光招魂術之佈陣機關。

這一點，殘酷一點說，筋斗雲十萬八千里，前者翻不出王文興《家變》；後者難免撞上朱天文〈世紀末的華麗〉、〈肉身菩薩〉，朱天心〈匈牙利之水〉、〈去年在馬倫巴〉，城市拱廊街的幻影邊牆。但徐譽誠另有一「再進入」的（而非人類學式）城市「場所」結界，建構即興劇場能力，將困在已被前行代小說家探勘踏查之祕境裡的漏油機器人，夢境已被榨乾瀝乾之角色，或《蒼蠅王》的失真孩子們，重新結構、修補、招魂鍍上只屬於他的黑暗冷調之烤漆。

在一團被宣告難以創造傳奇的城市垃圾廢棄場裡，硬生生地讓敘事重現。我讀他的小說，總有一種《侏儸紀公園》的瘋狂科學家，在感熱式監視攝影機螢幕，看到應已滅絕的迅猛龍灰影在無人的廢墟頹垣晃閃現身時，那種熱淚盈眶的心情。

〈紫花〉一篇，似向朱天文之《荒人手記》致敬，然閱讀時被其駭麗感官風暴撲襲的震撼感，眞的是大汗淋漓內心暗嘆：「字神再現！」舞人，藥人，魔音中大腦被打開如MTV台片頭廣告一幅一幅鮮豔彩色動畫以透視法則固執朝一剎開層層花瓣之蕊心進去進去再進去……彷佛字之神靈不再爲了描述寫實主義運鏡下眼前正常運動的生死、男女、經濟行爲、人際關係、街道場景……；字成爲其自身障蔽欺瞞其後如夏娃之果禁閉的神祕經驗。字被一層一層咒術打開其黃金封印，被一道一道巫術解祕，世故多疑的我們（德希達、拉崗之後？）恍惚明知那華麗幻術翻湧其後是一整片空無與死灰，卻仍淚如泉湧，被這文字巫人的喃喃意志啓蒙原來控制眼球之肌肉有如此繁多，可以如此翻轉、弧彎、拗折、撐鼓或塌陷……那樣一個「非毒物即養生商品」的後現代仙佛世界，那一個光名稱和「使用效果報告」即讓人眼花撩亂的毒品百科迷幻藥之流動長廊，眞的像那個本應絕後，在「航向色情烏托邦」碼頭踟躕於傅柯、人類學黃金律的荒人，竟分裂出一個銅幣反面的自我（或字的DNA印製中意外歧岔而出的後代），沒入那瀝青黏稠、城市肉身骷髏之海遊歷一趟回來的所證所見。

（「這場景曾經在夢中出現過！」）

我以爲〈紫花〉一篇，宣告著徐譽誠已從同輩兵強馬壯、旌旗蔽日的文學獎項尖群中突圍而出，預言著他下一部作品已徽印其自我書寫之風格（如同童偉格、伊格言、甘耀明，對我而言，已不是NBA選秀會上指三說四的戰力分析，而是，這樣的作者，已是進入創作成熟期的可敬對手了）。祝福他並恭喜他這本艱難之書的出版。

【序】茫向色情烏托邦

紀大偉

朱天文在一九九四年出版的《荒人手記》宣示，「航向色情烏托邦」。過了十四年之後，在林燿德的情色科幻小說，同志文學，酷兒文學，藥物文化文學（如壄丁男孩在二〇〇四年出版的《男灣》，大D小D在二〇〇五年出版的《搖頭花》），以及朱天文的《巫言》之後，徐譽誠在二〇〇八年推出小說集《紫花》。《紫花》是否仍然透露航向色情烏托邦的渴望？

小說集《紫花》收錄的短篇小說各自獨立，大致展現了三種景致：一、新興的藥物文化；二、晚近的同性戀慾望場域；三、五年級六年級（即民國五十年代，民國六十年代出生的人）所經歷的傳統家庭生活。該說明的是，我在這裡特別加註「新興的」，「晚近的」，是因爲當前的藥物文化以及同性戀場域已經和十四年前大不相同了。十四年前的台灣固然早就有用藥人口，但是近年來藥物文化的勃興卻是昔日難以想像的。再說，十幾年前的用藥人口多被視爲社會邊緣人（不良少年，中下階級人士），現在的藥物文化卻已經網羅社會中堅（大學生，白領階級，以及社會名流）。同時，現在的同性戀場域，從虛擬的MSN到眞槍實彈的轟趴，再也不只是小說和電影上的華麗表演而已，而已經在台灣現實生活中徹底蔓延。藥物文化與同性戀慾望場域一樣，都經歷了量變以及質變。十四年前的文學，已經不足以呈現承載二〇〇八年的藥物文化以及同性戀場域。也因此，要特別加註「新興的」，「晚近的」。如果九〇年代的同志文學和酷兒文學挑釁質問：「你愛的是女人，還是男人？」那麼十幾年後的藥物文化，就把這個老問題延伸得更長一點：「你愛的是女人，男人，還是藥？」

《荒人手記》想要「航向色情烏托邦」，而我覺得《紫花》企圖「茫向色情烏托邦」。兩者的關鍵差別——航和茫——容我稍後再談。我想先討論《紫花》爲什麼也嚮往色情烏托邦。

《紫花》裡頭幾個讓人印象深刻的人物，都卡在「現況」（status quo）之中，並且期待在「境界」得到（暫時喘氣的）解脫。何爲現況？基本上是苦悶的上班族生活。雖然難免有人非議，上班族衣食不缺，有些人還是BOBO族（既波希米亞又布爾喬亞的都會新貴），好像根本不算社會弱勢嘛，有何抱怨苦悶的資格呢？不過，我覺得上班族的苦悶畢竟也具有正當性（其他階級的人當然也各有抱怨的正當性）；他們的苦悶暴露了當前資本主義社會的危機：資本主義社會的中堅就是中產階級，當中產階級都要窒息的時候，資本主義社會要何去何從？有些人，只好寄望烏托邦。此處的烏托邦，爲何？歷史上的烏托邦學說和烏托邦小說關注政治改革，可是在新的千禧年，烏托邦和政治改革無關了；各人顧性命，各自信奉個人主義（這個詞，稍候再論），各憑本事，追求境界——嗑了藥看見紫花（或是：摸不到的紫花幻象，而不是摸得到的具體紫花），就達致「境界」，就等同進入烏托邦。

航，茫，以及個人主義，都和人本主義（Humanism；此詞也有別的意涵）有關。人本主義相信每個人不論貧富貴賤卻都有一種本錢：即自我（或稱個人，稱自己，稱 Ego 等等），主張每個人都可以站起來，從神權、金權、男權等等陰影走出來，走向民權、女權、黑權等等陽光普照的大世界。但是，慷慨激昂的人本主義終究還是被扯後腿了：有人犬儒地說，這一切樂觀進取的精神，其實都建立在一種特殊的基礎上。這座基礎，就是對於自我這個東西的信賴。如果，自我並不值得信賴，甚至自我充滿裂痕，那麼人本主義的希望工程豈不要垮台？這種對於人本主義的質疑取向，可以稱為反人本主義（Anti-humanism）。如果人本主義以人為尊，反人本主義就以人為賤。人本主義說，我們可以自己做自己，「Be yourself」，可是反人本主義說，才怪。在這年頭，許多人說年輕人「太自我」，「太個人」，是草莓族；可是，從反人本主義的角度來說，現在的年輕人恐怕是沒有自我了，沒有個人了，那麼，個人主義怎麼可能安然存在？既然人已經軟塌不成人形，如果還能保持草莓的形態，倒還值得欣慰。朱天文十幾年以來的作品，就是反人本主義的示範。在〈世紀末的華麗〉中，人不是服飾的主人，衣物才是人的主宰。在《荒人手記》和《巫言》中，眾角色臣服在商品面前，嚅嚅用減法把自我減掉。人本主義鼓吹自我要站起來，反人本主義卻說自我不見了。在徐譽誠的《紫花》中，幾篇用力尤深的重點小說也展現了對於人本主義的懷疑。

《荒人手記》和《紫花》究竟是不同時代的產物。前者寫於十幾年前，和九〇年代的同志文學，酷兒文學一起渴求航向色情烏托邦——航這個字，暗示自己還是意識清楚的，自己可以決定方向的，可以掌舵前行，還沒有被反人本主義完全解構掉。而致力呈現藥物文化的《紫花》不航，卻茫：嗑了藥之後，意識不再清醒，自己無從決定方向，只能身不由己地茫茫飄向烏托邦。

茫茫飄進烏托邦，一方面爽到底，一方面卻又爽不起來：這是一個弔詭。在肉慾極樂之境，欲仙欲死，甚或已經仙已經死，自我已經爽得不再存在。可是，如果自我已經被完全解構，那麼人怎麼能夠體會爽的感覺？如果沒有自我，怎麼能夠自由自在呢？在進出烏托邦之際，面對弔詭的策略，或許是小心妥協——小心，妥協兩詞，都暗示了我執（即，對於自我的執念），而不是無我。《紫花》就不時閃現了小心妥協的求生策略：如果要享受脫軌的樂趣，就要維持正軌的生活。脫軌和正軌，看起來相反，卻唇齒相依。爲了要有錢買藥，就只好一直忍受苦悶的白領上班族生活，而且比一般人更守本分；因爲藥物對身體不健康，用藥的人重視身體健康，而且比一般人更自愛。正軌一再成全了脫軌：聖誕節前夕（這恐怕是最具有資本主義勢力，也最有制約性的節慶之一），正好有充分藉口找樂子。用悠遊卡把藥粉剁碎，尤其讓人拍案叫絕：除了悠遊二字恰好形容藥的境界之外，悠遊卡的意涵正好和藥物相反——悠遊卡暗示持卡人是生活規律的，節儉的，然而藥物偏偏打破生活規律，奢華浪費而不節儉。

有花堪折直須折，莫待無花空折枝——彷彿，及時行樂，只須伸手就好。然而紫花難採，愛花人註定要進出種種弔詭，在我執與無我之間徘徊，烏托邦才茫茫浮現。

序篇／游　泳　池

飽滿圓月，在崎嶇城市表面高高昇起。街道擁擠車潮漸散，幾處霓虹燈火悄悄滅熄。高低錯落樓房安靜沉默，像一場僵持棋局；幾支棋撐不住疲累，雙眼闔閉，在原地微彎肩背，面無表情昏沉入眠……

一如往常路徑，你加班下班後，多花二十分鐘騎摩托車繞行繁華街道至此。襯衫領帶，手提方正公事包，皮鞋底與磨石地碰撞清脆聲響，踏進這間室內溫水游泳池內。

投幣寄物櫃前，你褪下拘謹衣物。公事包裡一只銀亮膠質拉鍊袋承裝泳具，取出窄小貼身靛藍低腰三角泳褲穿換。脫換衣物整齊堆疊成塔，連同公事包置入白鐵寄物櫃空洞方格；備妥硬幣投入，鑰匙轉圈上鎖。你將繫綁鑰匙的手環套上手臂，轉過身，瞥見成片更衣鏡自己姣好身形倒影。黝黑、結實、修長，隱約肌肉線條好似另一件衣物披覆。你凝視這般自己，直至身影自展示台退場，步出鏡像之外。

偌大室內泳池，半圓弧挑高空間，垂掛幾盞耀眼水銀大燈。人客稀疏，且多準備起身離開；如此閉幕時刻，你刻意的最後入場。

快速泳道仍有一、兩名泳客來回。你直挺身軀站立泳池邊，略做幾下伸展動作熱身，即套罩黑色泳帽與烏亮蛙鏡，扶坐泳道口，像表面黏滑、軟身背脊勾不住直角陸岸的細長蛇鰻，輕巧入水。一旁Spa水柱沸騰喧鬧，轟轟作響；你動作是場安靜默劇，含蓄至極。

浸泡水面下，溫熱感觸瞬間包覆每吋肌膚；如此徹底，好似蛻換一層晶亮表面。你閉氣潛入，雙腳水中離地，雙臂打直向前，腿踢牆面，湛藍水光間一道雷電身影穿梭而過。心底默數，你今天的第一趟。

設定標準，每次最少二十趟，共一千公尺，中間不休息；如體力允許，二十趟後追加繼續。有其道理，心肺訓練不宜中斷，會影響耐力可接受限度，且不易練就肌肉。身體也渴望如此，一趟接著一趟，盡情擺動。難以言喻，有時以爲疲累不堪，再無法做出任何撥水動作；但若執意向前，總能有淋漓暢快感受。

然而何時需停下，不是你能決定。快速泳道右去左回，人客眾多時，一條泳道同時七、八名泳客來回繞圈。碰上行進速度慢的，只得閃身超車，或配合放慢跟在後頭；遇上快的，即得被視爲半途障礙。你速度中上，緊跟後頭或閃身超越你的，大有人在。不習慣游泳過程中，有視線在後頭緊盯，也不願排序他人身後，不想抬頭見到前方泳客兩條蛙腿向外踢張線條，或成片自由式汽艇尾端水花氣泡。於是泳客較多時，你常停留泳道兩岸，讓快者通行，讓慢者離自己更遠。那是你與眾人的安全距離。

但泳池裡，並非人人像你這般專注。有另批常客，只游一、兩趟便成群佔據泳道兩端，閒聊好一陣才又動作。你總在無他岸可靠，且不想變化泳道必須直直游向他們時，感覺彼此兩個世界。像水中人魚，凝望海邊成群戲水人類，水面下分叉站立的腿腹身軀。沒有交集，如同泳池入口長廊公佈欄「水緣會」、「泳生會」之類訊息，唱歌、聚餐、游泳比賽；你每回出入必定經過，但與你無關。

如原先預想，泳道人客陸續起身離開，你一日泳程順利加速起點。你知道每一擺動，對身體線條的修飾作用。蛙式修飾腿部，自由式修飾肩頭臂膀。身體活絡通暢，缺憾視線無法離開泳池，站在岸邊靜靜觀看自己暢快擺動的身軀。

在你第二十九趟回程靠岸時，上方水銀燈頓時暗去一半，Spa水聲亦瞬間停止，泳池突然安靜，明白告知清場訊息。你心想湊個整數，回身往岸牆踢，再補上最後一趟。當你折回頭上岸，整座泳池已空空蕩蕩，僅剩兩三名走在你前頭泳客。一旁清潔人員，正彎身捲收塑膠水管。

走進更衣室，你抬手察看寄物櫃號碼，卻發現，鑰匙已不再圈套手臂之上。站在成排寄物櫃前，依原先習慣找尋大概方位，僅剩一個上方沒插鑰匙的，屬於你的方格，還緊鎖著。你和自己一身拘謹上班行頭，隔層白鐵，彼此對望。髮際滴落點點雨水，滑過身軀，自你腳邊漸漸向外擴散。

從更衣室向外走去，作業人員辦公室在大廳右側，門口張貼「非請勿入」四字。你在辦公室門外張望，裡頭收票小姐正收拾包包，同時和身旁一名白上衣紅短褲救生員嘻鬧，一會兒收票小姐作勢去掀救生員上衣，兩人笑聲連連。站了好段時間，辦公室二人眼角餘光，仍未能瞥見等待的你。前方入口處有風吹來，你一身濕，感覺冰冷；遲疑一會兒後，轉過身，往泳池方向前去。

穿過更衣室，淋浴聲稀稀落落，幾名泳客已穿戴整齊，在更衣鏡前撥整頭髮，準備離去。跨進泳池入口，沒有工作人員阻止進場；入口底部蓄水小池已乾涸，清潔人員不見蹤影，只留下整理過後痕跡。

與平常嘈雜喧鬧不同，無人泳池顯得如此平和，像景物明信片上寧靜湖泊。你走向泳道，站立岸邊俯瞰：水面波光粼粼，泳道間粗黑分線清晰，此外細節未能清楚辨識，更難以判斷哪一光影會是你遺落的鑰匙。於是，你再次像條蛇鰻，滑溜入水；這次聲響，在寂靜中特別清晰。池水如此熱情，不吝嗇地再次給你溫暖擁抱。

僅剩一半燈光照明，潛入水面，猶如陷入層層薄霧。你向前緩慢游行，注意探看泳道上是否鑰匙蹤影。去一趟未見，再往回細察一遍，仍無結果。或許被流沖到其他地方，俯低下身，鑽入另一泳道。水藍游泳池，你獨自一人，毫無行進章法，於各泳道間前後左右來回。

終於，穿過模糊水霧，前方角落排水口隱約相似形影。你沒有換氣，在水中以蛙腿連踢數下，直直前去。在你抵達前，天空下起黑色豪雨，頃刻間墨黑整池水藍色澤。立下腳步，尋寶者浮出水面，頂上水銀大燈已全數熄滅。你位置正處泳池出入口另一端，不差這幾步，於是潛回水底，繼續向排水口游去。

水池揚起濃稠霧靄，你僅能憑藉薄弱光影，指引前行。光點忽明忽滅，宛若靈敏獵物回身閃躲；獵人如你，蛙腿用力一蹬，伸直右手臂，將光點握在手心。如你所預想，是寄物櫃鑰匙。任務完成，你再次將伸縮圈套環上手臂，以悠緩抬頭蛙泳，朝回程方向游去。

夜那麼靜，室內泳池燈火盡滅，氣窗方格篩露月光在水面蕩漾；你清楚聽見，自己每一動作伸展清脆回音。精實敏捷的豹，當湛藍月光淹沒整座叢林，動作慵懶而優雅地，緩步穿過整座黑暗泳池。

尊貴王者，泳池大地因你搖晃，滾滾晶亮水珠，編織華麗黃袍披覆肩背；你起身泳池時刻，千百聲嘆息，紛紛跌落。取下泳帽蛙鏡，你沿池邊行走，在恢復平靜的滿地潮濕中，拓印般留下行過水痕。前方更衣室入口，黝暗陰森，彷彿窩藏一頭蝕光巨獸；冰涼月光停滯卻步，目送你直直前去，任由暗影攀附體軀，最終完全吞沒你細長身影。

進入更衣室，你靜靜佇立，與一整片黑暗對視。已在巨獸肚腹，卻未聽見生猛強烈怦怦心跳；彷彿牠也先走一步，只留下沉默無言軀殼。沒有永恆無光的黑暗，時間靜靜流過，眼瞳景物，逐筆速描般，淺淺浮露線條。矇矓間辨識方位，正排寄物櫃居中偏上，慣用位置。夢遊者如你，在深海底層無盡暗室，伸手飄浮前行。

游動觸手，撫在寄物櫃牆面，找尋屬於你的方格。那些泳客，已取走他們的嘈雜喧鬧，僅在寄物櫃中，留下完整空洞。指尖終於遇見，一個沒有鑰匙插立鎖孔；你的寄物格仍大門深鎖，無人得以窺探。解下手臂圈環，你握著鑰匙，摸索孔洞，尋求出口。隱隱碰撞金屬聲，無法進入，更無謂左右轉動；是把未能契合鑰匙，泳池角落所揀拾的，不屬於你。

於是回到靜默。世界已沉睡，再不適合驚擾。將鑰匙握在手心，你回過身，眼前成片更衣鏡，映照深深海洋之底：整座沉落的老舊櫥櫃，在混沌暗影泥沙中，囚困方格裡原先屬於你的時光。你凝視海底遺跡前的自己，猶如因誤闖邊界而困惑不已的精瘦魚隻，一雙微光目珠，驚恐神情盯視外來訪客。

落單魚隻，向前繼續潛行。跨出更衣室入口，你環視僅剩月光探照的寂靜大廳：居中塑膠座椅成排空位，左側兩台已拔去電源的投籃球機，隔壁販賣泳裝小攤塑膠帆布遮蓋展示櫃，透明冷飲冰箱手把間纏鎖鐵鍊。沒有人影，所有陳列物如此安靜，各自低頭不語。你走近右側辦公室，伸手試圖轉動門把，無法開啓。救生員、收票小姐、清潔工都已不在；眾人似乎都有要事在身，急忙離開。

大廳底端，鐵鋁閘門此刻任你自由進出。閘門後長長走道，兩邊公告在暗影中如此老舊，彷彿前幾世紀訊息。走道底，成片落地門窗，外頭是燈火通明的台北夜景。

你僅穿一件貼身窄小泳褲，幾乎全身赤裸，站立落地門窗前。完整飽滿明月仍在，依舊映照崎嶇城市表面。街道上已少有車輛，霓虹燈火輪番熄滅，微彎肩背高低錯落樓房，彼此相依，昏沉而睡……

出入口大門由內反鎖，你只需將鎖頭轉開，即能離開泳池，攔台計程車，把這一切當作一則糗事笑話，回到原本位置。但你沒有動作，只是靜靜凝望這片城市：哪處霓虹燈瞬間熄滅，哪戶大樓窗口接著亮起。這個城市，看來如此完整，每個人都已適得其所，隨著世界正常運轉，再不缺少什麼。你看見自己面容，疊映落地玻璃窗面。城市風景，於你是彩繪紋身；而你透明身影，僅是廣大城市中一抹幽魂。

雙手緊握，手心裡鑰匙扎痛皮肉。落地窗裡你的剪影，如此挺拔，像寬闊草原中央唯一突起樹木，清楚鮮明，卻不是任何方向指標。突然，你好想知道，如果手中被遺棄的鑰匙不屬於你，那該是屬於另一個誰？於是你沒有開啓往外出口，轉過身，踏開腳步往黑暗之地前去。

穿過長廊，穿過寂靜大廳，回到光線止步的更衣室。你沿寄物櫃上下摸索，找尋另一鑰匙未歸隊的方格。其中幾個已故障，雖無鑰匙，但門可開啓，裡頭空無一物。海底時間悠緩，回到原地的迷途小魚，在古遺跡前，以有限視覺觸覺細細逡巡。終於，你在中排角落發現一只緊鎖方格，沒有鑰匙。

你在黑暗角落蹲跪身軀，以指尖探摸鎖洞位置，準備以手中鑰匙嘗試開啓。腦海不明所以，突然閃過，你修長身軀在無人泳道穿梭來回畫面，速度多麼快，動作多麼優美。好驕傲，你理當覺得自己完整，但你沒有。手中鑰匙，已順利進入鎖洞，完全契合。

你已找到別人所遺失的；是否終有一日，某人也將揀拾起你的鑰匙，將你緊閉寄物方格開啓？

手腕向右旋轉，鎖頭鏗鏘一聲開解。封閉而寂靜的室內游泳池，開鎖聲顯得如此響亮。蹲跪姿勢的你，在黑暗角落緩緩抬起頭張望，感覺聲響在時間空間向度座標中迷失，找不到出口，反覆清楚地迴盪在你的耳邊。好比此刻，你聽見無人泳池裡，有個身影自岸邊高高躍起，毫無角度考量地將身軀撲向池面，重重重重地，在水面上撞擊出巨大的砰然聲響，以及那麼多細碎如雜語的浪濤水花。

輯一

白　光

他說：「最開始，只是感覺到幸福愉悅，像每次所體驗的心胸開闊。同一時間，體內深處卻有股什麼騷動，彷彿器官之間肉隙夾縫中，鑲著一個無止境的黑洞，漩渦般逐漸擴散。忽然背脊發冷，一股夾帶碎冰的血液從腰間竄上，快速穿過後頸，在腦殼中猛然炸開，化做一顆顆結晶細末，降雪般緩緩滲入腦紋皺褶。撞擊那麼猛烈，讓人以爲自己要解體了。崩解時，突然極其冷靜地質疑起『自己』這回事，好像已經不能再用『我感覺到什麼』來形容，所有聽覺、視覺、嗅覺感受到的，都如此眞切像浪潮海嘯撲蓋而來，之間不再保有任何安全距離。於是覺得『自己』不存在了，那個背負許多身分，且必定有某處與別人不太一樣的那個自己，確確實實離去了。存在成爲各種感覺的替換與流動，與這個世界不再有任何距離，沒有轉折、想像或者替代，這個世界所要給予的，都能夠精準無誤完整接收，不會因爲什麼身分、什麼歷史背景、身形或者個性如何而有不同。那時發現，自己幾乎遺忘的肉身，始終緊皺眉心、闔閉眼皮，而當試圖奮力張開雙眼，一片霧茫之中，所能見到的，只是成千上萬束幾乎使眼瞳焦灼的白光，傾覆而來……」

夜晚時分，寶璐家裡安安靜靜的，每件物品都屏住氣息，不敢大聲呼吸。屋裡傳來輕輕瓷器碰撞聲響，寶璐側影站在狹窄廚房通道，頂著微弱不足日光燈光線，彎身清洗碗盤。水流聲在屋房裡也是鮮明的，彷彿能清楚聽見污水自流理台沖下後，流動到水泥牆壁中哪截管線。

寶璐走出廚房，順手按熄廚房電燈開關，熟練地以一旁吊掛毛巾擦拭雙手，再開啓飯桌上懸浮的昏黃小燈，微弱照明這間老舊公寓樓房。今晚整理已告一段落，他看了看時間，準備換裝出門。

離開前，寶璐輕聲走近母親臥房兼病房門口，緩緩旋開手把，推出探頭觀望寬度。寶璐身後昏黃光線，早他一步進入母親房內；房中央一張單人床，上面拱一座碎花棉被丘陵，裡頭的寶璐母親只淺露頭部，面朝暗影處，似乎沉睡模樣。寶璐看見自己輪廓剪影，暗鬱模糊，黏附在床鋪的碎花圖樣，好像棉被上多躺一個人，而後被兩旁烏黑門影緩緩闔食。

近夜半的林森北路，計程車潮在馬路中央排隊漫步。路邊整棟麥當勞，一樓店面佔據某個街角；店面外走道寬闊，立一支黃色M型大招牌，與一列枝葉稀疏行道樹並齊，中間幾輛摩托車彼此挨擠身軀停放。寶璐站在招牌下，附近已有人群聚叢。

時針還沒指向約定時間，一切尚未發生，但寶璐感官卻已不同，彷彿身體能夠自己思考。它明白將會發生什麼，甚至已能先投入那般情境之中，像某種制約反應。寶璐心跳聲開始鮮明，與街頭車輛喇叭嗚叫同款節奏。

黑夜的熱鬧氣氛，佈滿各式各樣霓虹線條。寶璐左右張望，每道光線都在盡力逃脫黑暗籠罩，兀自繽紛閃爍。光影間藏有密碼，當接收感官開啓，原來一切都有生命。寶璐感覺頭腦有些昏脹，半瞇起眼，眼縫中五光十色螢光拼貼，片片幻化流離不定光影遊魂，拖著蚪蚪微細尾巴扭曲彎折，如鬼火飄動，彼此交纏。心底突然明白，世界上每天消逝的那些生命，必定都是轉化爲光線存在，光線就是靈魂；而人生也不過是光影的片斷組合，好像某種淺顯易懂的絕對啓發，轉瞬間卻又斷了線，一時什麼都想不明白，猛然從頓悟之中，變成遺忘……

遺忘之間，一名瘦削矮小的長髮男子來到面前。寶璐額上沁著汗珠，眼神在男子臉上慢慢聚焦：兩道劍眉與細長眼神，英挺的鼻，唇肉薄細。男子皺皺眉心，問了聲：「你沒事吧？」咒語解除魔法，滿目飄蕩遊魂立即縮回固態形體當中。寶璐眼前一暗，蹲了下去；男子跟著蹲下，壓低身子仰看寶璐低下的臉。

「你沒事吧？」男子再一次問。

「沒事。」寶璐呼了口氣，抹去額上汗滴，隨即站起：「最近我老是這樣，藥還沒吃，就先『茫』了起來……」

男子挑了挑眉，跟著站起：「你剛才感覺到什麼？」

寶璐沉默會兒，淡淡地說：「只是一些莫名奇妙的幻覺。」

男子微微點頭回應，兩頰邊細長髮絲跟著搖動。

「看到很多飄來飄去的光……」寶璐頓了頓，一時已聚焦眼神又露出空洞模樣：「但不是你講的白光。」

男子表情有些嚴肅，眼瞳中閃爍著晶亮色澤，直直盯著寶璐瞧。兩人一陣沉默。

「沒關係，我們今天再試試。」男子說著，將眼神別開，一邊搓揉自己鼻頭，東張西望。街邊聚集人潮似乎又多了些。

「今天場子很大，人滿多的，最好不要把『東西』帶在身上，吃完再進去……」兩人站在人群外圈，但男子仍壓低音量，小聲說著：「我今天準備了好東西呢……」男子向寶璐笑了笑，露出整齊齒列，而後轉身朝麥當勞走去；寶璐像隻待哺小雞，緊緊跟在後頭。

穿過油炸氣味與冷冽空調，男子帶頭進入男廁。廁所裡有個中年人正在使用小便斗，男子回頭瞥了寶璐一眼，便自顧自地走向洗手台，打開水流，對著鏡中自己撥弄頭髮。寶璐環顧會兒，走進後方均無人使用的隔間廁所之一，闔上門，沒有上鎖。門外傳來小便斗沖水與腳步聲，該是中年人離開了。門被推開，男子閃身而入，鎖上門扣，將自己與寶璐關在同一狹窄方格空間內。

男子半彎身舉抬右小腿，以右手指塞進鞋內，摳挖什麼。男子身軀前傾，寶璐一時聞到薄薄芬香，該是沐浴乳或洗髮精吧！不一會兒男子取出一小包藥丸，攤示手心，同時展露天真孩童神情，興奮地說：「賣的人跟我說，這叫『金鑽』，是他吃過最強的藥，對老 high 不到頂點的人尤其有效！我一聽就想到你！」寶璐伸手接過，小透明塑膠袋裡幾顆橙色藥丸，上頭刻印鑽石圖樣，在他倆眼中閃閃發亮。

寶璐問起如何收價，男子偏頭想了想：「這種藥據說效果很好，所以叫價很高，不過你反應跟大家不太一樣，我看你先吃吧！看狀況我再決定怎麼收。如果這類猛藥都沒辦法讓你達到我所形容的，那也不好意思收你太貴，還是給你一般價，多的算我請客。」面對藥頭男子示好，寶璐牽動嘴角，當作回應，看來卻完全不像微笑。

話說完，藥頭隨即從後腰間抽出一瓶早備妥的礦泉水，遞給寶璐。寶璐從手中小袋中取出一顆金鑽，放在門齒間，閉唇喀喀啃咬，而後含吻水瓶口，將水大口大口灌入。苦味粉末抹過舌頭喉間，溢起一陣嘔心，寶璐吐舌頭抱怨：「好苦！」

「良藥苦口。」狹窄廁所裡的藥頭始終面掛笑容，說這話時還多了股狡黠氣息。藥頭也取顆金鑽，因不需讓身體一次吸收，只是接過水，灌了幾口直接將藥丸吞落。方格裡兩人一瓶水傳來遞去，終於喝乾。藥頭將多餘藥丸收起，囑咐寶璐等會兒先進去，裡頭已有預訂包廂；他還有朋友會到，得在外頭等人。

「我今天有幫你另外準備祕密武器喔！」藥頭最後這麼說著，神情像隻漂亮狐狸。

轉過街角，騎樓下懸掛霓虹招牌，昭示 Pub 入口。街對面是著名汽車旅館，隱密的偷情聖地，外邊植滿大王椰子，像圍聚一處原始部落。

寶璐走進 Pub 入口，樓梯與走道設計迂迴，黑色牆面，光線黝暗，穿行人們缺隻臂膀或半個身體地與甬道融合，什麼也看不清。越往內走越能感受某種悶住的強力節拍進行著；彷彿一隻龐大巨獸，寶璐正穿過牠的身軀，往牠心臟靠近，聽流動血液潮水犯洪般來回衝擊，發出悶聲巨響。

甬道盡頭幾名黑衣使者盤據，寶璐付了錢，推開後方沉重鐵門，猛浪電子樂聲洩洪般湧出，使人滅頂，該是 techno 強悍的電子鼓節拍。寶璐逆流行走，偶有幾個刁鑽尖銳高音經過身邊，毫無感情的冷酷興奮，與喜悅無關。寶璐走進預訂包廂，裡頭幾座火紅大沙發圍成一圈，中間一枚血紅色絨布圓桌，上面幾支造型扭曲的玻璃杯。沒有其他人到，寶璐倒坐沙發上，半仰著頭看天花板垂掛的水晶吊飾。藥頭人面廣，總能弄到這般頂級豪華包廂；若寶璐一人前來，恐怕根本無進門機會。音樂重擊每座牆面，滿室震動；規律的反覆節拍，貼黏寶璐心跳不放。

寶璐並非眞沒感覺，第一次碰藥時，他和其他人感受相同：暫時不是自己。即便現在已是幾年藥齡，藥效來臨時，他仍會感覺心胸開闊，體驗到莫名的幸福愉悅，並且隨著藥物顏色與刻繪圖形差異，產生各式無章法可循的幻聽、幻視、幻覺感受。後來身體無可避免地產生適藥性，使他對E的敏感度漸趨薄弱；不斷加量使用下，雖有感覺，強度卻始終上不去，一直原地兜圈。寶璐不明白，爲什麼自己沒辦法達到藥頭所說境界，看到他曾經以言語深刻且精細描繪過的白光……

「於是你覺得『自己』不存在了，那個背負著很多身分，且必定有某處與別人不太一樣的那個自己，確確實實地離你遠去了……」

兩人眞正產生交集，原是一次隨口提及的邀約。

那是寶璐第三次與這名別人介紹的藥頭調貨時，兩人相約三重某座老舊天橋下；天色已暗，路燈卻仍未開啓，只有對街賣安全帽雨衣的店面，燃起滿騎樓白亮日光燈。銀貨兩訖，藥頭隨口問道：「晚上去哪邊玩？」簡單問句，寶璐回答卻遲疑：「還不知道，應該會在家裡吧……」

「家裡？一個人嗎？」藥頭驚訝地問。寶璐面無表情，點頭回應。

那晚，藥頭首次邀約寶璐一併前往Pub，說大家一起玩，比較熱鬧。

舞池裡擁擠熱鬧的跳舞人群熱汗淋漓。二樓隔間座位裡，藥效蔓延兩人指尖腳末，渾身通暢，疲軟軀殼並肩相靠。藥頭空望前方，認眞專注地自言自語，侃侃說著自己最high的嗑藥經驗。音樂聲喧鬧，中間幾句聽來斷斷續續。寶璐轉過頭，看他側影：瘦削面容，幾絲長髮輕輕淡淡垂掛耳際，直挺的鼻勾勒出簡潔優美弧度，偶爾嘴角上揚，幾乎讓人看見這隻俊美狐狸兩頰長鬚跟著跳動。

「……而當你試圖奮力張開雙眼，一片霧茫之中，你所能見到的，只是成千上萬束幾乎使你眼瞳焦灼的白光，傾覆而來……」

藥物催化下，開放心懷的藥頭有個忠實聽眾，滔滔不絕說著。從本身極high極爽的白光歷程，到誤食迷姦藥物的倒楣經驗，甚至提及當初家裡事故，爲了賺錢變成自己批藥來賣的辛酸史，之間經歷不得不中輟學業的選擇，想當年，可是某某大學中國語文學系，是個愛耍文藝腔的文藝青年哩！講著講著，藥頭自顧自地笑出聲，看了寶璐一眼，又回過身自顧自地搓起鼻頭。

那一刻，毫無來由的，寶璐覺得自己可以完全相信眼前這個連本名叫什麼都不知道的男子；想法一從體內湧上，忽然覺得有些鼻酸。寶璐直起癱坐身子，表情認眞、眼神懇切地望向藥頭，耳邊樂音正在替換，強硬冰冷的techno漸漸轉弱，細微女音緩緩揚起，同樣4／4拍節奏突然溫和柔軟，該是deep house樂風。寶璐對藥頭說：「你幫我找到白光好不好？」

藥頭表情像是反應不過來，愣愣地回望寶璐。樂聲裡女音在重覆節拍中唱出旋律，猛然一記高音拔起，宛如爆破般，舞池裡人們立時響起瘋狂尖叫。藥頭對寶璐笑著，眼睛瞇成兩條線，點了點頭。

那便是起點了，一趟尋找白光的旅程。兩人在城市叢林裡修煉，藥頭深入沼澤暗穴取各式藥丹，將寶璐身體當做提煉容器，傾倒入一鑵又一鑵的顏色符號：深綠色CU、黃色史努比、藍色寶鑽、紅色LV、橘色蝴蝶、淺藍色太極、粉紅色Kitty、草綠色楓葉、紫色BT……藥頭是煉丹師，在一旁望著煉丹爐嚴忍炙熱，兀自悶燒，攸關成敗地等待提煉結果；若某日提煉成功，打開爐蓋，必定有千萬束白光湧射而出……

包廂門開啓時，寶璐體內的金鑽還未蒸騰開來。五、六名男女陸續進入，寶璐見過其中幾位，都是藥頭的朋友。藥頭走在最後，身邊一位藍色眼妝的豔麗女子，同樣藍色細肩帶背心搭配黑色短裙，身材姣好。眾人紛紛選定位置坐下，藥頭將女子帶到寶璐身邊，特別介紹：「這是BB。這是寶璐。」BB不客氣地以目光將寶璐從頭到尾打量一遍，之後才拿出笑容回應：「嗨！」寶璐點頭示意，表情錯愕。

寶璐眼前是一位有自信的女人，她清楚自己的容貌魅力，包括嘴唇揚起角度和眼眸裡的光亮神彩，時時刻刻都已準備好被人觀看。但寶璐視線，卻跳過BB營造的美麗形象，只停留在她眼角因笑容皺起的魚尾紋上，完美中的幾條裂縫破綻。藥頭將手臂勾在寶璐肩上，臉湊近他耳朵邊，說起話來像是有股熱氣在撒嬌哈癢。藥頭說：「BB是特別要介紹給你的，今天晚上有金鑽又有BB，應該可以玩得很高興吧！」話說完，藥頭對寶璐眨眨眼，拍拍他的後肩，像個照顧後生的長輩。原來，這便是藥頭準備的「祕密武器」了。寶璐沒有多做回應。

包廂裡眾人在嘈雜硬拍樂聲中顯來有些不安，等藥上的過程，做什麼事都覺得怪，只能彼此大聲閒聊幾句。寶璐比其他人先吞藥，開始有點感覺，目光往座位另一邊的藥頭望去，他已經閉起眼睛，像在海灘曬日光浴般，仰靠在柔軟沙發。寶璐清楚感覺金鑽的強烈感受，一波一波襲來，彷彿被快速行進中的什麼反覆追撞，以爲自己被彈開了，後背卻又被狠狠撞上一記。寶璐整個身體不自主地發起抖，前傾著，將頭沉沉埋在兩膝之中。

連續追撞中，什麼撫上寶璐後背，是BB的手。寶璐沒有抬頭，只覺得背脊泛起冰冷感觸，一股極冷就要撞上腦門。寶璐猛然擎起上身，轉過頭想說些什麼，只見ＢＢ已擺著一張準備好的笑容，等著回應。ＢＢ問：「你要上啦？」魚尾紋，一道兩道三道。一股莫名力道忽然扼住寶璐氣息，身體裡急速湧出的能量跟著哽住，在體腔裡四處衝撞，最後如煙火猛然炸開。寶璐向後倒去。

離開三度空間，突然明白不是向後倒，而是旋轉。原來是旋轉的藥，一種開發非直線的可能性。那些令人驚嘆的線條弧度，譬如說：桌上杯子的形狀，或者，藥頭直挺的鼻樑；平常無法解釋，這般非常時刻才能得以參悟。感覺如此昏眩，那些自以爲是的頓悟感覺，又試圖闖越模糊的清醒界線，彷彿一片片零碎抽象感官拼圖，如氣球般，緩緩緩緩地飄浮半空之中……

昏眩中漂蕩，直至水流漸緩，寶璐意識才漸漸靠岸。睜開眼，包廂裡眾人都已癱軟模樣，或仰或躺。原本中間圓桌被移至門邊抵著，上頭瓶罐與杯挪到桌旁，空出桌面上仰躺女性身體，上半身衣物已被掀開，赤裸著略微豐腴膚肉；一名男子俯蓋其上，將頭塞在女子胸間，兩手貪婪地搓揉女子雙乳。耳邊仍是硬拍節奏，越近夜深竟越是毫不妥協的 techno 曲調，搬出工廠機器大聲敲打；偶爾點綴幾絲 trance 迷幻，然而鋼鐵始終無情，每一次節拍擊打，都是爲了徹底毀滅。慾望與打翻的酒都被潑灑到地板上，屋室裡一片黏膩。

包廂裡不見藥頭，但身旁ＢＢ還在，見寶璐醒來也跟著起身。ＢＢ大膽直接地將身軀貼近，她已褪去內衣，兩顆鮮明觸感的渾圓肉球向寶璐肩側磨蹭，但未得到任何回應。ＢＢ輕輕挽住寶璐手臂，柔聲地說：「不要這麼ㄍㄧㄥ，我知道你想要的是什麼。」ＢＢ後仰身子，躺在火紅沙發上，雙腿張開，將寶璐的手引領至幽暗胯間。

黑色短裙像半片荷葉翻仰在BB腰間之上，露出肚臍下白皙腹肉；她內褲已褪去，腿間一撮黝黑，裡頭藏匿數隻眼睛凝視。即便這般裸露時刻，寶璐都覺得BB是準備好被觀看的，甚至能以身軀每處眼縫回望。她明白自己正在操作某種誘惑，並非一時放蕩失態。BB將寶璐手掌壓在黝黑草原之上，寶璐動起手指，以指尖輕輕觸碰。BB感受寶璐回應，搖頭晃腦呻吟，彎曲伸延的赤裸雙腿，開闔擺動。混沌未明的接觸，被牽引者寶璐，彷彿只能順著情勢行走，將手指試圖往最後隱藏的股間縫隙伸去，一時溫熱潮濕感觸滿溢，如此密合地將寶璐手指包覆。

動作停止，寶璐將筆直伸出的手收回。

音樂未曾停止，藥效與放縱氣味依舊瀰漫四溢；無盡汪洋中，僅能隨潮浪繼續漂流。沙發旁隨意散置啤酒玻璃空瓶，寶璐拾起其中一只，如同握著一把直挺的西洋劍，將瓶口端輕緩塞入BB洞穴之內，沉默地來回抽送。強硬的機械節拍，仍在門房外廢棄工廠的生產線上規律運轉。BB用她身體呻吟出呢喃曲調，牽動背脊下火紅沙發跟著起伏蠕動。房間四壁頓時變得柔軟，也在韻律呼吸，跟著一陣一陣抽插往返，顫抖痙攣……

天空微微晨亮，寶璐才剛踏進家門。

昨晚時間拖得很長，中場還出 Pub 外，跟藥頭朋友一起補了兩次E。但關於白光，仍無功而返。寶璐清楚自己藥效還未全退，身體不自主使力，上下兩排齒列無意識緊咬，臉部神情僵硬。

屋房裡依舊安靜，客廳桌上有泡麵保麗龍空碗，是父親痕跡，清理後忽然不確定：屋房裡除了自己和母親，是否眞住有第三個人？關上餐桌小燈，寶璐小心翼翼推開母親房門，床鋪上仍是一座完整碎花棉被丘陵，與昨晚離開時相同。寶璐走近，看見母親偏向另一邊的臉，眼睫毛微微顫動。母親在假寐，這是他們之間默契。寶璐輕聲掀開她下半身棉被，爲了每日防褥清洗與尿布替換方便，棉被裡的老婦早已不穿褲子，赤裸兩條膚肉鬆弛而皺褶的腿，頂端一件蓬鬆白色紙尿褲，像滑稽小丑的刻意扮裝，與另一端上半身莊嚴的母親容貌完全無關，分屬兩具不同身軀。

寶璐輕輕彎折起母親雙膝，伸手扶抬她腿部頂端臀肉，動作熟練地抽換下紙尿褲，迅速捲曲折疊，放置一旁。母親兩腿無力，失去寶璐支撐，綿軟地閉合起來，倒向一邊。寶璐涔著汗膜的手掌，包覆母親向左垂倒的右膝蓋，撥動電匝開關般，將她雙腿再次劃成一枚殘缺的圓。總是如此開闔時刻，母親所能隱藏一切，在任何能夠站到她面前的人眼中，完整暴露。寶璐抽了張床鋪邊濕紙巾，探向母親陰部，輕緩擦拭。寶璐對於母親陰部形狀已極其熟稔，如果哪個細縫沒有清潔乾淨，都將會毫無遺漏地在下次見面時，化做難聞異味糾纏。寶璐手指，隔著濕紙巾距離，一下一下撫按在母親陰部毛髮與肉間縫隙之上。還沒有結束，先濕後乾是必然步驟。寶璐拿著純白衛生紙，將母親私處任何小濕小潤，擦抹得乾燥至極，宛若荒漠。

寶璐體內在焚燒，但已沒有材火，他悶烤自己。清理完畢，寶璐闔上小丑劇場大門，拎著打包的髒污尿褲退出母親洞人穴居。

大清早時分，透著和煦陽光的廚房裡，爐上成鍋粥米與寶璐發汗身軀，同時噗噗作響，彷彿晨間第一班開啓的通勤列車。寶璐拿了把圓椅在瓦斯爐對面駝背坐著，等一陣一陣汗意過去。他明白，等會兒他的母親就會真正起床，將會以他原先熟知的慈母身分，召喚她的兒，到她身邊。

這間時光緩慢爬行的老屋房裡，母親如此衰老，甚至超越她原本應該擁有的死亡。半年前，醫生宣佈母親再無起身行走可能，委婉暗示兩三個月後狀況將會「很不樂觀」，要有告別的心理準備。寶璐原本以爲最壞的結果便是離別，現下他明白並非如此。

米粥已熟，寶璐額上汗珠仍在滾熱，強抑發抖的手，他端著母親慣用的中式早餐再次進入她的房間。仿若舞台劇換場，母親已然清醒，一張微笑臉龐望著寶璐，布景是滿溢戶外光影的方正窗格。

「你回來了。」母親以軟軟聲音問候。

「是啊。」寶璐回答，目光沒有直視母親，只是將手中餐盤在桌上放妥。「昨晚看妳睡了，來不及跟妳說一聲我要出門。」

「沒關係。」母親拉長語調說著，彷彿聽見什麼撒嬌的話。寶璐從母親的聲音知道，今天是她較佳狀況，能說能笑，久日陰雨裡難得好天。但此刻寶璐身體裡卻不時颳著急劇風雨，浪濤反覆擊打胃壁腸膜。母親注意到寶璐神色有異，問：「你不舒服嗎？怎麼一直流汗？」寶璐沒有回答，只是搖頭，背過身拿湯匙攪拌碗裡熱粥。身後母親自顧自地說著：「不舒服就要去給醫生看，不要等到跟我一樣……」

「吃粥吧！沒那麼燙了。」寶璐打斷母親的話，轉身將粥遞去，而後再回過身，背對母親，抹去額上成片飽滿汗珠。

「唉！你眞該多出去走走的，才會健康點，像個眞正年輕人……」這次換母親將視線別開，盯著手中捧的一碗小粥：「我怎麼會不知道像你這年紀的男生要些什麼？能夠出門去玩就要多把握機會，我也不願意老是把你留在家裡……」

「我知道了！不用再講了！」寶璐不自覺地拉高語調，再次轉過身，像是舞台劇輪到台詞的角色，望著對手戲演員面孔。母親低下頭凝視手中粥碗，靜靜地沒有動作。寶璐突然意識到，自己可能說話太大聲了，立即低聲細語補充說著：「我沒事，睡一下就好了。妳趕快吃粥。」母親點頭，依舊沒有將目光抬起，像個無辜小孩，而寶璐是手持教鞭的殘酷大人。

寶璐知道，自己有天必定會極其後悔，曾用這般語調和母親說話。尤其母親臥病這段時日，每當打開房門，總得擔心母親是否又被病痛巨輪傾軋折磨，是否突然敵不過逐日增重的病毒數量，而連一句道別話都來不及留下？又或者，恐懼於開門動作過於驚擾，誤將超過預告期限且荒誕如夢境延續的恍惚時光搖動，母親在床鋪上的殘留影像，便會像顆過於飽和的氣泡，砰然幻滅，回到失去的現實情境。這一切，都在提醒寶璐，應該好好珍惜小丑劇場裡的時時刻刻。

何者才是幻覺？殘存藥效糾纏身軀不放，寶璐突然感覺視線模糊失焦，望著母親眼角繁密魚尾細紋，一時覺得那些放射狀紋路正悄悄延伸，繞過母親後腦勺，一圈又一圈，細紋線譜將整顆頭顱緊密包覆。寶璐急忙眨眼，睜大整夜未眠的疲憊雙眼觀看，母親這才回復原先臉龐。

「但天氣那麼好，你今天還是該到外面走一走吧！」母親望向窗外，天空的確蔚藍，溫暖陽光熱情地鑽進屋裡，烘照她棉被裡不能行走的孱弱雙腿。

「我晚一點還得去打工，下次有機會再說吧！」寶璐聽見自己，用著將來必定會後悔的語氣，篤定說著。耳邊迴盪體內砰、砰、砰砰聲響，仿若劇場的配音樂隊，正勤奮地爲寶璐搭上嘈雜的背景節拍，如此煩悶慌亂。

服藥過後，寶璐總得在身體崩解與重新組合的不適感觸中困上好段時間，而後零碎模樣在打工地點出現。

便利商店裡的工作內容簡單明瞭，喊喊歡迎光臨，刷商品條碼爲客人結帳，正好不需藥後遲緩的腦袋做任何換算。或者配合一些已被清楚定義的道理，例如保持豐富整潔的貨架以提升銷售，作業更單純，僅是輪流在各貨架前補充貨品、整理排面。

褲袋裡手機震動時，寶璐正蹲在一整排洋芋片前補貨。手機螢幕閃爍橙紅色亮光，來電顯示是藥頭號碼。寶璐抬起頭探看四周，沒什麼人，按下對談鍵將手機拿近耳邊。

「怎麼樣?那天狀況還好吧?」藥頭接通電話就問。

該怎麼形容?寶璐一時也不明白。金鑽力道強悍，似乎眞有讓人比較接近白光的感覺；但寶璐仍是在攀爬過程摔了下來，並且常常恍惚，困在頭痛與憂鬱情境中。這些該怎麼向藥頭形容?「還可以吧!」寶璐最後聽見自己這麼回答。

「我那天要離開的時候，看到你 no 成那樣，還以爲這次你眞的 high 上去了……」

「有嗎?」寶璐對於那天藥頭離開一點印象也沒有。寶璐正想要問那天藥頭去了哪裡，話還沒出口就被打斷。

「好吧!其他的我們見面再聊，電話費很貴。」藥頭說。

「見面?什麼時候?」

「現在啊!」

「現在?現在我在上班……」寶璐又抬起頭，看看四周。

「沒關係，你幾點下班，我在西門町的泡茶店等你，你記一下位置……」

藥頭沒等寶璐回應，地址講完便匆匆掛上電話。寶璐有些錯愕，眼前各色光鮮亮麗的洋芋片包裝，密封著一袋一袋的短暫幸福，陳列面前。寶璐猶疑著是否眞要赴約，一時店裡自動門叮咚作響，他站起身子，對走進來的客人喊聲歡迎光臨。

西門町有股氣味，始終不穩定的流動感觸；裡頭什麼也不長久，卻有這麼多人在短暫經過時，為自己留下深深刻痕。

茶店在西門町商圈邊緣，臨街成片落地玻璃窗，藥頭在其中一塊方格裡，展開笑容湊近玻璃窗，遙遙招手。寶璐走進茶店，店裡木桌木椅、假山假水，中式古典風格，耳邊卻播放日本流行歌曲，男子偶像團體群唱，幾乎無音調起伏的平庸嘈雜。下午茶時間，茶店裡半座人客，幾桌玩著牌，偶爾爆起拍桌嬉戲的熱鬧聲響，彷彿在與一旁群聚店員的聊天說笑喧譁音量較勁。

「嗨！」藥頭笑盈盈地對寶璐打著招呼。

「嗨！」寶璐在藥頭對面位置坐下：「怎麼突然約見面？」

「關心你啊！看你狀況怎麼樣了。」藥頭擺出誠懇眼神，但話裡卻帶著逗弄意味。一時寶璐見到藥頭額上樹葉痕跡，狐狸翻轉變身後的漏洞破綻。

「現在一樣頭痛，不太舒服。」寶璐微微皺著眉心說：「而且，最近越來越常在平常時候整個人暈眩起來，明明沒有吃E，卻感覺自己快要上了。」

「嗯……聽起來像是你身體裡囤積不少還沒被消化的藥，到某些時候才莫名奇妙地被突然分解……」

「大概吧！或許我吃太多藥了。」真會如此嗎？入口藥物在滿腹濃酸胃液攪動磨蝕後，還會殘留下砂礫般細微渣末，像擺脫不了的性格般，鑲嵌在體腔裡潮濕內壁上，像深暗洞窟裡亮起滿天星星，等待某個啟動的關鍵時刻，紛紛墜落。

「但，那天的藥還不錯吧？」藥頭問的是煉丹結果，每一回合最終問句。

「那個金鑽……應該還可以吧！藥很強，後勁也很夠，一開始我也以為自己要上了，感覺和平常不太一樣，只是最後不知怎麼，就沉了下來……可能眞的就差那麼一點吧！」寶璐省略中間許多過程，只形容特殊的藥物反應；藥頭一面專注聆聽，不時點頭。

「嗯，所以這次算有點進度。」藥頭眼神裡溜轉些什麼，總結地說：「不過，你這次能夠感覺比較 high，多少也得感謝一下BB吧！」寶璐瞥見藥頭細薄雙唇，微笑起來僅歪斜一邊，彷彿藏了一半的神祕氣息。寶璐沒有回答問句，只是笑了笑，低頭拿菜單觀看。藥頭見寶璐看著菜單，一臉開心模樣向店裡櫃枱處揮了揮手。一名穿著墨綠色圍兜的女服務生見了，搖臀晃腰而來，看來身形姣好，有著漂亮臉蛋和自信神情，已準備好每個角度供他人觀賞；她這日臉上已不再繪抹藍色彩妝，眼上兩道烏黑濃密睫毛膏痕跡，張抬兩片彎翹睫毛扇。是BB，以一張計算好嘴角揚起弧度與眼眸神情的完好臉龐，向寶璐和藥頭打招呼。

寶璐回頭看著藥頭臉上笑意，明白並非巧合，但不清楚用意為何，只覺得被拉進一場玩笑，難以脫身。

「你應該是想再見到我的吧！」BB撒嬌地說，故作可憐模樣。

「這不用問吧，你那麼漂亮，每個人都想再見到你！」藥頭在一旁笑嘻嘻地搶著回應。

「最好是！」BB發著嬌嗔，一會兒又恢復正常神色：「好啦，不鬧了。再等我一下，我二十分鐘後下班。」

BB的話讓寶璐表情更爲困惑，空愣一雙眼睛盯著她瞧。BB對寶璐眨了眨眼，長長睫毛上上下下，彷彿有風吹過：「幹嘛?別這麼急，二十分鐘一下就過了，我去幫你弄個喝的。」BB轉身離開，一對飽滿臀肉左右搖擺。

寶璐再次將目光望向藥頭，他正往後椅墊靠去，似乎準備好回答任何問題。但寶璐什麼話都沒有說，也未起身離開，只是望著藥頭瘦削臉頰，與狐狸細眼、狐狸笑意。狐狸藥頭沒等到寶璐的問句，便自己無趣地將答案揭曉：「是我朋友新開的一家MTV，裡面有幾個私人特製包廂，不對外開放，絕對不會有人干擾，還能放電音影片，你一定會喜歡。」

「外頭還是大白天，而且我等會兒也還有事，沒辦法去。你們去就好了吧!」

「你開玩笑吧!當然一起去才好玩啊!」藥頭站起身，往寶璐身邊位置坐去；揚起手臂，親膩地勾搭寶璐後肩，湊近身軀，在他耳邊說話：「你不是覺得只差一點就要上了嗎?我手邊還有一些金鑽，BB也在。你不覺得那天很 high 嗎?」

「我眞的有事。」

「就當作陪我嘛!那天我得先走，我們都沒有一起玩到，怪可惜的，有機會當然要再續攤啊!」藥頭手臂還勾在肩上，不打算放開。寶璐聽見藥頭講「一起」兩字時，心底有種莫名激動；鼻間再次聞到沐浴後芳香氣味，像隻乳白色蝴蝶，翩翩飛過。藥頭說：「我知道你想要的是什麼。再試一次，不要在最後關頭說要放棄哩!那就不像我認識的你了……」

寶璐別過臉，向落地窗外望去。暗色玻璃隔絕外界車水馬龍，寶璐見到自己倒影，映在這片黝暗城市街景上，與自己默然相視；鏡中寶璐身後，是長髮及肩的藥頭，並未望向窗外世界，只是盯著寶璐瞧，靜靜沒有出聲。兩人如此畫面，像張人物各自錯看鏡頭方向的，失敗合照。

鋪設老舊磚紅色地毯的電梯攀昇著，樓層燈碼有一個沒一個地跳動；三條人影在電梯裡沒有說話，不約而同地盯著沒有節奏感的亮閃燈號，等待到達。

電梯門開，忽然一個嶄新世界。地板是幾何紋路線條的光滑平面，幾座陳列影音光碟的梯型架整齊排開，如挺立棋子站在方整棋盤交錯格線上；天花板上垂掛幾張電影海報，好萊塢所給予的完好畫面，在暖黃光線中顯來溫和可親。藥頭像個帶孩子出門遊玩的父親，隻身往櫃枱處談話交涉，而後轉身向小朋友們做個表情，示意一起往後端長廊盡頭走去。

是個不算大的包廂，兩三坪正方，裡頭兩張沙發式大床，此外僅剩偌大投影銀幕前細長走道。BB見到房內佈置「哇」一聲反應，立即將飽滿臀肉移坐床鋪，彈上彈下測試軟硬。藥頭將門帶上，門上附鎖，喀一聲將三個人囚禁在這間滿是床鋪的小室內。

藥頭掏出一包藥丸放置牆邊凸出小平台上，BB歡呼起來，隨即跳起身子取用。藥頭也不囉嗦，拿起平台上備妥飲料，咕嚕咕嚕將藥丸飲落。投影銀幕忽然亮起，畫面上開始奔流各色幾何圖形，交錯、融合，然後分解。狹窄室內，迷幻味極重的 trance 游動，低音 bass 聚積成深厚雲海，緩緩下沉，將兩張大床吞入暗不可見的肚腹之中。

體內某個封鎖洞口，又被通關鑰匙開啓。寶璐吞下一顆E，但藥丸還未穿過食道，所有體內儲存的感觸，卻已如放射線般，從器官隙縫間急速竄出。眼前平面銀幕開始凹陷，吸納流動光影，同時又從邊緣吐露繽紛七彩線條，逡巡一圈屋室後，又回到漩渦之中。寶璐覺得累，身坐床緣，沒一會兒，直挺身軀便像入冬草木枯萎，緩緩垂倒床鋪。

迷幻樂聲是悲傷的嗎？或者僅止某種麻木？多麼神奇，原本每個音符都沒有涵意，串連起來後，卻能領引聽者情緒遁地飛天，像顆彈力球，在小室四壁來回彈撞。寶璐心臟是顆圓形樂器，擂著強硬節奏，與電子樂聲合鳴。bass樂聲裡開始出現低迴女音，帶點邪氣，像幽暗谷洞裡駕著馬車的華服女巫，正在吟唱妖魔咒語，召喚亡靈力量。最末聲音化爲猛烈呼嘯，世界正在瓦解，薄壁上色澤一塊一塊剝落……

寶璐自昏迷中驚醒，女音還在，一聲一聲吟叫。他站起身，另一張大床上，藥頭全身赤裸，正壓在高舉雙腿的BB身上，腰臀使勁地，向BB胯間來回推送。

光影仍在流動。寶璐沒有表情的臉孔，像是跑馬燈，任各種倒映色塊在上頭奔走，在水漾眼膜留下淺淺光痕。藥頭身體線條，和他面容一樣瘦削，且激烈動作下顯得緊繃結實，僅有兩顆渾圓水球般臀肉，隨波蕩漾。藥頭似乎注意到身後寶璐視線，整個人突然更加賣力，一陣急促喘息與痙攣後，落幕般緩緩停止。

藥頭翻轉過身，直起坐在床緣，氣喘噓噓。他滿是汗珠的臉望向寶璐，眼睛半開半閉，似乎就要昏厥過去。藥頭斷斷續續地說：「兄弟……不好意思……本來要等你一起……不過……

輪流玩也不錯……兄弟……換你上場了……」

這時候寶璐是藥頭的兄弟了。原來「一起」兩字，指的是如此關係。迷幻樂聲是悲傷的嗎？或者僅止某種麻木？藥頭話說完傻傻笑了起來，隨即向後倒去，不醒人事；一身精實赤裸身軀，發抖抽搐。寶璐凝視藥頭表情，半翻白眼，眼睫毛微微顫抖，或許此刻的他，又看見成千上萬束白光，迎面湧射而來。

BB還在更深床鋪內呻吟，蚯蚓般扭動身軀。寶璐神情木然，走向一旁小平台，拿起上方藥袋與半瓶水，把袋內數顆藥丸倒入手心，仰頭灌一大口水，然後，將手心藥丸全數吞落。

過量藥物，使寶璐記憶一片空白。

恍惚畢竟與快樂、憂傷相關，唯有失憶，才能將一切斷絕，完完全全的不在場證明。那便是藥頭所形容的？不再是「自己」：感官知覺，即代表全世界。然而藥頭如何倖存過來，回到「自己」的身分，講述失去「自己」的過程？無法理解。

寶璐真正清醒時，行屍走肉般，遊蕩在陌生的熱鬧街頭。被遊魂寶璐撞上肩頭的路人，邊走邊回頭丟來謾罵語句。夜晚時分，路上行人各自快步行走。現在什麼日期？什麼時間點？甚至自己在街上走了多遠？寶璐毫無頭緒。唯一鮮明的，是滿身仿若被擊打後的實際疼痛，尤其頭部，幾乎無法抬起望向前方。喉間一股酸刺，像是整套胃腸就要翻轉而出。

想起母親，是一股比疼痛更強烈的恐懼。在家門外迷失這段時間，屋房內的穴居人母親該由誰照顧？頓時有座巨大鐵輪，一寸一寸輾碾寶璐每塊膚肌。

急忙趕回都市森林裡窄小洞窟，探視穴內殘疾老母。寶璐踏進家門時，屋裡一片漆黑寂靜，隱隱傳來電視聲響。打開小丑劇場大門，母親仍平躺床鋪，電視螢幕光芒在碎花棉被山坡成片閃爍，一陣惡臭猛然襲鼻。自己錯過什麼？母親的進食時間？排便時間？寶璐站立門框中，任身體裡外疼痛感觸彼此撞擊，吃力地舉起千斤重垂軟手臂，開啓門旁燈光按鈕，準備面對難堪殘局。

日光燈亮起，床鋪上母親全身覆蓋棉被，如往常假寐只露出一顆衰老蠶繭頭顱。寶璐拖行瀕近瓦解軀殼接近，雙眼闔閉的母親，一頭亂髮汗濕，眉間緊蹙，頸脖附近床鋪棉被成片嘔吐痕跡，狼狽模樣。一旁置物櫃上，是母親脫下的衣物，裡頭裹滿半乾半濕嘔吐穢物，糾結成團。寶璐知道：那是母親獨自一人，面對病痛過境後的災難結果。她不想任由抑制不住嘔出的穢物，彷彿項鍊成天掛在頸脖，於是挪動尚可控制的上半身，脫下自己衣物，執行她唯一能做的擦拭動作。

荒敗至極景象，寶璐一時不確定該從哪件收拾起。顧及母親可能受寒已久，從一旁衣櫃取出乾淨衣物，掀開棉被想替她穿換。但窩藏裡頭的假寐小丑，緊緊揪著外殼不放；身體上下兩截分屬不同管理單位，意識還清醒的上半身，儘管遭受病痛風暴狂烈摧殘，也不能隨意赤裸見人。寶璐已被拒絕，只能用濕紙巾，顫抖著手，輕輕擦拭母親棉被外的皺老臉龐，並將乾淨衣物放置在她可自由拿取的地方。

回到往常位置，小丑下半身另有標準，任人隨意翻掀，展示赤裸滑稽模樣。寶璐同樣熟練地彎折母親雙腿，伸手開啓其間浮腫紙尿褲，一股濃重糞臭氣味襲鼻而來。下半身已無感觸知覺的母親，任濕紙巾與衛生紙擦拭她沾滿污臭屎尿的骯髒下體。有股力量在寶璐體內騷動不安，突然收縮集結，龐大不可抑制，實實在在抵在喉頭，就要爆炸。寶璐突然撒手放下母親，轉身衝出門外，奔進廁所，跪在馬桶前一波一波狂嘔；食道炙熱焚燒，極度暈眩，雙眼所見已然昏花。

與母親的疼痛相比，一切不算什麼。已被拆解的碎片寶璐，勉強將自己拼湊成完整形狀，再次回到母親房內。該如何解釋？是否還能假裝未曾發生失控情形？母親眼皮依舊緊閉，如此用力，彷彿不願承認眼前任何畫面，滿是皺紋額間，又涔出一層薄薄汗膜。寶璐沒有逃避的轉身空間，他必須面對，得從頭到尾睜大雙眼，一步驟接著另一步驟，完整操作整個清理流程。

終於善後完畢，寶璐準備醫院開立的藥品與熱食，放置一旁桌上。始終假寐的母親，直至關上房門最後一刻，仍沒有目送寶璐離開這間小丑劇院。

踏出穴居人房門，寶璐從褲袋裡掏出手機，幾乎沒有電力。回房間一邊連結充電器，一邊搜尋藥頭號碼，按下撥通鍵，已是關機，沒有回應。體內不時有著莫名感覺在血液裡衝撞，像是成排大小不同靈魂，輪番跳進跳出身體軀殼。如此混亂，昏眩感觸中，寶璐緩緩睜開雙眼，仍是殘破黯淡屋房空景，沒有白光。

看看日期，遲鈍腦袋推算，與藥頭關在小房間裡竟已是前一天的事！多麼荒唐。無法向別人形容的自責與憤怒，緊緊貼坐寶璐身旁左右。頭痛欲裂，幾道記憶光影如尖細針刺插在頭頂，卻仍無法想起：這段昏迷時間裡發生什麼？自己又做了些什麼？無法記憶。

再次嘗試撥打電話，彼端依舊拒絕模樣。屋房裡安安靜靜，只有砰砰作響的心跳節奏，與寶璐頭顱內令人疼痛的尖銳鳴叫。沉靜者一臉恍惚神情，視線在咫尺狹室景物間，茫然失焦。疲乏低落時刻，寶璐突然想起，自己房內還藏有兩顆E。幾乎沒有猶豫，站起破碎身軀。嚴重失憶者，完全忘記什麼使他現在如此難受；最短時間內動作，角落抽屜搜出解救神藥。自己照顧自己，倒水端水，彷彿吞入肚腹的，只是家常不過的止痛藥丸。

夜越深，越無法入眠。又再累積數十通撥話紀錄，頻率越來越高，仍未能接通藥頭。寶璐心跳鼓動，如此坐立難安……

深夜西門町，平常喧鬧茶店，此刻也爲一天即將終止，低頭默哀。

對街茶店櫥窗裡的BB，今天綁個馬尾，穿著亮黃運動名牌夾克，正在收拾已無客人的零亂桌面。隔條馬路距離，寶璐雙手交叉胸前，一邊發抖，一邊凝視成排黝暗打烊商家中，茶店散發的唯一光芒。對於注視目光敏感至極，BB突然抬起頭，望向窗外，看見對面騎樓寶璐身影。BB神情頗爲驚訝，頓時停止手邊動作，步出茶店，朝對街走去。

「你怎麼會來這裡？」BB一臉藥後標準疲憊，兩頰略微瘦削，但口氣裡仍有小型家犬見到人類忍不住搖晃尾巴的天真歡喜。寶璐抹去額上大把汗水，淡淡回應：「沒有，只是剛好經過。」答話同時，寶璐試圖回想：失憶時，是否曾與BB發生什麼？仍空白一片。

「怎麼還滿頭大汗？藥還沒退啊？」BB見到寶璐異樣，隨口問起。寶璐一時不知該用什麼理由應答，老實回覆：剛剛在家補了兩件，才如此模樣。

BB睜大渾圓雙眼，直視寶璐，一臉不可置信：「藥頭在跟我介紹你的時候，說你很敢玩、很會玩；本來我只是聽聽，現在才知道他沒有唬爛。你眞的很能玩，敗給你了！」BB彷彿陳述一件剛被印證的奇聞軼事，臉上掛著盈盈笑容。寶璐一雙空洞目光回望，無法分辨BB是稱讚或者詆毀，反應依舊遲疑，愣傻模樣呆站原地。那便是藥頭對寶璐的最終評價？很敢玩、很會玩？所形容的，是寶璐在鏡中未曾意識到的陌生面相。

「我不覺得自己很會玩。」寶璐如此答辯。

「拜託！你這樣還不算會玩？那我們不就等於沒玩過了？你明明很敢好不好？至少跟他比，你會玩太多了！他都是打嘴炮、愛唬爛而已，不像你，簡直是瘋子，什麼都來眞的。」BB繼續笑，看著寶璐所作所爲，像個管控不住自己的過動兒，忍不住在沙發跳上跳下，或在房間裡來回奔跑而已；搗蛋調皮，卻不傷大雅。

「我不覺得。」寶璐回答簡短而堅定，但除此之外，已未能再有其他肯定句回口應答。

BB沒有見到寶璐眼中繁複交纏的紛亂思緒，繼續自顧自地說：「你跟他不是很熟？應該知道他這個人就是愛唬爛，以前還跟我說他曾經是文學系高材生，老愛掰一些有的沒的，什麼他多會玩啊！上過多少女人啊！還說嗑藥之後會看到什麼白光的……媽的勒！騙小孩子沒嗑過藥，我還看到天堂哩！又不是在通靈。誰知道，他形容你，還真沒有太唬爛哩……」刺耳語句，像一把一把小鐵鎚，飄浮在半空中，往寶璐身軀每處痠痛關節，輕聲敲打。

已沒有耐性再聽莫名的淺薄言論，寶璐打斷BB的話：「所以，他有再跟妳連絡嗎？」

「連絡？連絡什麼？」BB不懂問句，擺出不解神情；頭向右輕輕歪斜，量測過的精密角度，做好隨時被觀看準備。

「我今天打電話過去，但都沒有回應，連絡不到他人……」

「喔，可能只是在放假吧！要不然就是換電話了。藥頭換電話很正常，哪個笨藥頭會一直用同個號碼？應該早被捉了吧！」BB歪向右邊的頭顱改往左邊傾斜，眨著長長睫毛雙眼，好奇地望向寶璐：「你找他啊？要不要再多打幾次看看？才四點多，他應該還沒睡。」

寶璐沒提起，自己至少已撥數十通電話給藥頭的事，額上繼續冒出汗水，如山野林間一株準備迎接晨日的沉默植物，滿身點滴露水：「剛剛試過了，還是沒接通。」

「喔。那可能眞的換電話了吧！什麼事啊？這麼急？」置身事外者，熱情超過界線，認爲永遠會被喜歡的超然自信。相較於BB，寶璐顯得畏縮怯懦，極微極小說話音量回答：「身邊東西沒了，想跟他拿。」

BB擺出誇張的驚訝表情，眼睛嘴巴張得大大的，神態演戲一般做作：「大哥，你再嗑就連嗑三天了耶，你應該是在挑戰人類極限吧？」

極限？指的是朝某一方向遠遠前行，最終所見風景？在那片荒地上，是否就能看見刺目白光如洶湧潮浪傾覆而來？寶璐聳聳肩，已不知道自己還能怎樣回答。

BB又笑了笑，搖搖頭，擺出相對於調皮頑童的大人姿態，寬容地說：「好啦！如果你眞的想繼續嗑，還不簡單，我給你其他藥頭的電話就好啦！」BB試圖幫忙，掏出手機，眼睛認眞盯著螢幕搜尋號碼。

寶璐凝視著BB察看手機模樣，明白她再怎麼搜尋，也不會有寶璐想知道的解答，雖然他自己並不確定眞正問句爲何。寶璐沒有打斷BB的支援動作，只在她翻找一會兒後，試探地詢問最後可能：「妳剛剛說，藥頭換電話是很平常的事，所以……妳有他新的電話號碼嗎？」

BB忙按鈕的手頓時停止，抬起頭望向寶璐，眉宇間透露：這次眞感覺有些困惑。但疑惑沒有困擾BB太久，她立即想通心底問句，看著寶璐狼狽模樣，突然大聲笑了起來：「我的老天啊！你該不會是喜歡上他了吧？」

「妳在說什麼？我只是想買藥而已！」寶璐立即出聲回辯。面對眼前這個越來越離題的瘋癲女人，寶璐已失去最後耐心，體內鼓譟不停的心跳聲，開始響起震耳欲聾電音節奏，砰！砰！砰砰！砰！砰！砰砰！寶璐體內器官跟著合鳴，這回響起big beat樂風，又重又碎的細拍，連綿耳際拍打。

「是喔？那如果我說：我知道他的新電話，但偏偏不告訴你呢？」BB像發現什麼新遊戲似的，一臉興奮神情，大聲歡笑，多麼開心。

寶璐無法阻止體內持續傳來的猛烈噪音，砰！砰！砰砰！耳鳴反應伴隨疼痛而來，如一陣濃霧籠罩。寶璐凝視著BB的戲謔模樣，漸漸聽不見笑聲，彷彿眼前女子只是虛擬幻影，與眞實無關。寶璐感覺身軀已不是自己的，體內爐火正旺，全身劇烈抖動，像一座掩不住炙燙熔漿的火山，即將爆發。

歡笑的BB，無視寶璐沉默表面下的火燙盛怒，繼續逗弄：「好吧！你什麼都不說，我猜大概不需要幫忙了。那麼……我先回去上班囉！快打烊了呢！」BB邊說邊笑，一邊向後退行，然後俐落轉身，只將準備好被凝視的姣好背影，留予寶璐。

砰！砰！砰砰！BB踏著輕鬆腳步離去，寶璐體內又重又碎 big beat 節拍，敲擊聲越來越沉重，一下又一下，反覆敲落在悶燒軀殼之上。砰！砰！砰砰！寶璐僵硬外表開始出現龜裂痕跡，閃電似的蔓延線條，瘋狂爬行。寶璐已無法抵抗體內源源湧動憤怒，雖然他仍未能確認：自己究竟憤怒什麼？他只是自然地抬起步伐，向前奔跑而去。BB聽見寶璐靠近聲音，嘻笑表情回頭，只當是討價還價遊戲之一，但來不及與寶璐眼神相望，長髮即被一把緊緊揪起，往一旁騎樓牆面狠狠拖撞而去。受力撞牆後，BB跌坐在地，額角冒出鮮血，伸手撫在傷口旁，表情驚慌，目光茫然而空洞，還未自昏眩回神。寶璐再次走近，站在BB面前。BB緩緩抬起頭，不清楚究竟發生什麼，瞇著眼，仰望眼前漸漸靠近的巨大陰影。

寶璐俯視著騎樓日光燈在BB仰起臉龐留下的蒼白黯淡，看著疼痛與恐懼從她眼眶中湧出，隨淚水四溢。眼前這名完整女子，終於顯露出尚未準備好被別人凝視的面孔，五官各自痛苦扭曲。砰！砰！砰砰！寶璐頓時快意，如此不明所以，竟覺BB此刻容貌，好似他母親一般衰老，同樣難堪入目。寶璐已不再擁有身軀掌控能力，砰！砰！砰砰！他看見自己，將腿高高抬起，迅速且毫不遲疑地，往BB額角流血的驚恐臉龐用力踢踹，而後，跪下身軀，再一次緊揪BB長髮，將她頭顱高高拉起，然後猛烈地，朝騎樓骯髒地面，反覆推撞而去……

對面茶店隱約發現對街騷動，幾個身影走出茶店大門，發現街道另一端暴力行徑，唯恐沒湊到熱鬧似的，急忙奔走過來。激烈喘息的寶璐，見三兩人影靠近，終於停止毆打動作，放下被捕獵物般低鳴呻吟的殘破BB，站直起身，拔腿開跑，往西門町無止無境的黝暗繁複巷弄竄逃……

情況已經失控，身體正感受某種極限……

寶璐在暗夜城市街巷遊走，熱汗自額上頻頻滴落，在柏油路面上跌成一個一個細小水漬圓點。原本毫無方向逃離施暴現場，啓程後，卻像體內有磁極指針似的，漫遊在繁複街道未曾迷失，最終再次踏回熟識路徑，幾乎不需猶疑，直直往回家方向前進。望向手錶，精準無比，絕對有足夠時間在早晨需照顧母親的時間點前，踏進家門。失誤經驗值，已銘刻在寶璐體內，重新界定意識昏迷的生理防守最後界線。這股比化學藥物更強烈的力道，牽拉著寶璐疲累至極腳步或快或慢行進；已不再擁有身體主控權，心神不是自己的，舉手投足都不是自己的。

清冷晨間，陽光尚未自昏沉睡眠中恢復暖熱溫度；狹窄的住所樓梯間裡，鬱藍晨光映照在老舊髒污的漆白牆面。寶璐攀行其中，體內心跳節奏仍不願意緩步止息，彷彿戴上響有電子樂聲的耳機，他彎低背脊，獨身穿越冰冷極地底層裡的彎腸甬道；冒汗額下臉龐，猶如極地火山口旁，反差地凝結起透明晶亮冰霜。

開啓鐵門，回到屋房住所，寶璐強迫自己打起精神，撐起肩背，一步一步往屋內走去。寶璐還未走近，已見小丑劇場穴居門大大開啓；站立門口探看，晨間藍光佈滿空蕩的潮濕屋房，床鋪上雙腿無法行走的母親，竟已不在小丑劇場布景之內！

彷彿魔術畫面，一具實體身軀憑空消失；或許母親仍躺在床上，只是某種障眼法幻覺，讓嗑藥嗑過頭的自己視而不見。寶璐向前走去，床鋪上碎花棉被雜亂堆放一旁，露出久不見天日的乾癟床墊，上頭佈滿痲疹似的黃褐斑點。寶璐抬頭環顧這間洞居小穴，以視線探尋母親可能躲藏地方，然而房裡除了床鋪，不過是兩個迷你櫥櫃與一台電視，沒有窩藏母親可能。

寶璐曾在心底反覆想像這天到來，推演可能有的情緒，沒想到，最後會以這般焚燒至幾乎只剩灰燼的殘敗軀殼面對。

拿起手機，前一晚的短暫充電早已不足使用，急忙回房間插上電源，檢示電話紀錄。訊息顯示，數通來自父親的未接來電，最後一通時間在踏進家門半小時前。寶璐回撥父親號碼，是關機狀態，又連續撥幾通，越撥越是擔心恐懼，手汗直流，但父親未曾開機。

應該是昨日慘烈病況延續，至半夜突然告急，被晚歸的父親送到醫院了吧！寶璐猜想著，腦中浮現救護車緊急接送，白袍醫生與父親的對談畫面。還有什麼好說？這日母親並沒有安排檢驗，醫生們也早已放棄，該說的，不過是幾個月來反覆提醒家屬的：要有心理準備。生離死別傷痛，眞的能靠心理建設就能安然度過？

莫名聯想，母親病況在自己恰好缺席時撐不過，是否有某種前後因果關係？寶璐不合時宜地想起：BB滿身零亂傷痛痕跡，躺臥在西門町髒污騎樓的殘破模樣。突然，寶璐心底擂鼓聲，漸漸響亮鮮明，砰！砰！砰砰！砰砰砰！有一整隊精良鼓手圍著寶璐繞圈行走，個個面紅耳赤地，反覆揮動結實鼓槌，擊打在懷中大鼓的緊繃皮面上，砰！砰！砰砰！砰砰砰！如此超越音量極限的奮力聲響，是否仍能以節拍形容？它是否仍能歸屬於，某種生命節奏？鼓聲欲聾，雙耳承受巨大疼痛。

無法分辨，是直覺反應，或者受引力牽動，寶璐衝出好不容易歸來的家門，再次狂奔。砰！砰！砰砰！砰砰砰！奔跑動作多麼劇烈，體內鑲嵌的繁星藥品細渣，禁不住上下左右反覆搖晃，紛紛自腸壁胃膜摔墜滑落至消化道裡，漸漸滾聚成七彩色球。如此巨大藥丸，甚至大於頸喉所能吞嚥極限；如此囤積藥量，若被一次完整消化，是否就足夠到達一個新開拓的世界、冒險者的樂園、乏人足跡的極限之地？然後，看見白光？

鼓聲連綿持續，砰！砰！砰砰！砰砰砰！奔跑在清晨城市街道上，冷風吹拂汗水肌膚，幾乎刺骨，但寶璐無法停止腳步，甚至沒辦法動點頭腦，想些更快到達的方法，或者，想像一下自己還能承受多少，想像一下，人體極限能夠到達什麼遠方？無法思考，寶璐只是不斷揮汗狂奔。

奔跑在城市街頭，下個街口就是母親平常做檢驗與回診的醫院大樓。如此不確定，在這趟猛烈狂奔之後，最終將會見到什麼？是母親正好準備離開醫院的身影？或者，只有焦急且沮喪的父親徘徊病房門口？又或者，是滿身傷痕的ＢＢ，正讓醫護人員綑綁包紮傷口？解答在迷濛前方，寶璐奮力集中視焦，醫院非門診時間的急診入口，已在眼前。

急診自動門緩緩開啓，頂上風牆挾著冷氣吹來，滑過佈滿刺痛感觸的肌膚；寶璐大口喘氣，覺得背脊底部有道冰冷感覺，正在攀爬而上。急診大廳裡，明亮白皙，醫護與病患在其間穿行。砰！砰！砰砰！砰砰砰！心跳的極限會是什麼？會是一具人體所能承受？寶璐站在門口向內張望，搜尋熟識的身影面孔；忽然，每個人影形體，在畫面中漸漸模糊，有如剪影邊緣被放火燃燒，越縮越小，越縮越小，最終，被周圍滿溢的洶湧白光，完完全全呑沒……

那一刻，寶璐看見完整的自己。

寶璐站在醫院急診室入口，猛然跪下雙膝，接連上身撲倒在地，周圍人群一陣驚呼。寶璐臉龐，右側著地，朝向左邊望去；他的眼半開半閉，僅露出佈滿血絲的眼白，兩排睫毛猶若受寒般，在急診室自動門頂端冷風吹拂下，正無可抑制地猛烈顫抖……

極　地

讓美好的與美好在一起
我將遠行

*

你蹲坐在這個黑暗角落，已好段時間。

眼前幾顆碎石晶鑽鑲成星空，細微光點隱約閃爍，此外純然黝黑。什麼也看不見，仿若沒有睜開雙眼。

感覺如此寒冷。你全身赤裸，雙臂環抱聚攏胸前的膝，十指水母觸手輕撫另一手臂表皮膚肉，探摸突起成片雞皮疙瘩，如盲者以指尖閱讀點字顆粒。圍在腰際橙色浴巾，在你選擇依牆角坐下時，即被腹肉推擠解開脫落，成塊野餐方格布正好墊在臀肉下方。與你裸背相貼的牆是木質的，地板也是，保護漆像層濃稠黏液。僵直不動的你感覺痠痛，卻未起身。

沒有邊界的房間，大型空調機械規律吐息。黑暗中不時有人走過，嘰嘰嘎嘎聲響，頃刻間烏雲飄過，遮掩滿天星斗。時間刻度在暗影中像顆方糖溶解黑咖啡底，星點不再圍繞核心旋轉，如此靜止，整晚未曾移動。

沒有出發遠行，即讓自己到達另一境地；你赤裸之身在寒天凍地，往同一方向試探前行。

最遠能到達哪裡？身軀像蹲坐火爐的鐵茶壺發抖，壺口鐵蓋任沸騰蒸氣拍打，上下兩排牙喀喀碰撞作響。耳邊腳步聲或遠或近，黑暗潮濕洞穴中，蝙蝠們各自以音波辨識方位飛行。聽見沉沉聲響，你猜想必定有個穩健結實身軀擁有雄獅般巨大腳掌，依嗅聞氣味，跟在一隻曼妙蹬羚的輕盈步伐之後。腳步聲停止，細微聲響如暗室密語輕輕流傳，膚肉與膚肉間摩擦出熱烈喘息。那些潮濕與黏液，張開嘴，爲對方胸臂肩胛抹上唾液。他們已找到餐點，準備開始享用。你清楚聽見每一口咀嚼吞嚥；兩顆撞上的行星，離你不遠處彼此摧毀。

是什麼發出那一點一點的光亮？你站起身，未睜開眼的夢遊者，以手探路，移行赤裸身軀朝夢境中滿天星斗前去。微弱喘息漸漸化爲濃重呻吟，啪啪啪你明白那是後背與臀肉彼此猛烈撞擊，節奏清脆響亮，仿若敲打一組緊實皮鼓。

遠方光亮在你視線逐漸清晰，形狀有稜有角，像摔破小鏡的尖刺碎渣。你緩緩伸出雙手觸碰，原來是窗；窗櫺如蜂巢結構，每格玻璃面貼滿擋光膠布，上頭幾個破舊小洞以及未完整貼齊的窗格直角，篩露出窗外那頭，明亮照耀的飽滿陽光……

＊

冰冷屋房內，沒有季節。

寒風長年自頂頭吹來。回字型出風口，正方銀框日光燈，一格一格整齊如蒼蠅複眼。電源開關朝上，此地即是永晝。

偌大白亮辦公室，桌椅亦方正矩形組合排列，方正套裝方正襯衫領帶其間穿梭行走，走不出迷宮般，成日反覆來回。桌面雜亂堆滿文件，由遠而近卻整齊一致展列繁忙桌景。沒有窗，外圍牆面鑲上如粗筆繪製成框的會議室門，通往一間一間密閉囊室；天空在密不可見角落，高樓外頭天晴陰雨，不影響室內恆溫設定。平面上線條浮動，其一會議室門開，整齊服裝、手拿筆記本計算機的蟻群，源源湧出。蟻群中你細薄身影，靛藍色幾何花樣領結梗在白襯衫領口，向下癱垂疲軟無救理想志氣。

分工的蟻各自前行，沒人知道你胯間滿漲尿意，卻往廁所反方向行進。這隻搞不清任務的蟻，嗅聞不到正確指令，只空抬雙臂，混在隊伍忙碌。你筆直回到自己辦公位置，拉開椅，像電源鑰匙插入契合齒孔般，轟隆轟隆發動整組辦公機器。上方正風口，風吹在你額頭憋尿微汗上，感覺冰寒而膚肌緊繃，一路延伸腿間，皮鞋底輕輕踮著，彷佛身體只要稍稍放鬆，溫熱尿液就會如地下泉水汩汩漫流。對座同事桌面擺盆嬌小應景聖誕紅，葉面乾裂，僅存一絲氣息正好撐過節慶。你轉過身，拿取披覆椅背昨日新添購黑色羊毛V領針織衫，重新穿套。今日會議行程已結束，放慢步調，查閱電腦畫面 outlook 粗黑字體尚未拆封信件。

「今晚要參加但還沒報名的，趕快告訴我喔」一封只有標題詢問句空白信件，來自隔幾條走道同事；夾在十來封公務事項中，如針刺顯眼。你凝視這排問句許久，好似它並非表面單純字義。聖誕節前一夜，逢週末假日，約唱歌作樂還有交換禮物活動。信並非寄給公司內所有人，你該慶幸自己通過考驗，那些注意力渙散的目光，沒能在瀏覽成排合照人影時，像挑揀莫名黑點似的將你揪出。所有信件看完，你知道從此刻到下班一兩小時內，不會再處理任何公事；工作熱誠留在會議室報告講台，等你下次進場再揀拾起來扛在肩背。滑鼠游標自行移動，點開一個等著被好好思考的複雜報表，當作空洞眼神螢幕保護程式。

此外你唯一留意，是廁所前來回身影。那些與你同時步出會議囊室，胯間同樣撐漲飽滿尿液的，都已得到滿足，粉紅色舒暢表情陸續自廁所離去。剩下你將熱溫排洩物當做珍寶，強抑體內遲遲不肯解放。不適感覺由神經末梢向上攀爬，近乎痛苦，轉瞬間又接近愉悅。這丁點小事，你知道自己可以容納更多；那不敢表現失態的儒弱性格，讓你什麼都承受得住。

洗手間裡有你所知道唯一一扇向外開啓的窗，氣壓開關窗縫有塊切割整齊灰暗天空，預告落雨的夜。終於輪你進場，一如推測，無人使用。洗手枱鏡旁，三座月彎磁白小便斗毫無隔閡成列排開，空張橢圓大嘴，正對三間褐漆木夾板隔間廁所。最邊間堆放掃除用具，你進入第二間，將自己鎖進小方格。空間並不隱密，門板上下方截空，卻已夠你短暫喘息。

不必解釋為什麼，一個人至高的幸運。

你拉取側邊衛生紙捲，幾張擦拭馬桶座蓋，然後兩截成段，口字型一筆一劃鋪放，如此整齊彷彿將得到嘉許。解開腰間鎖扣，箍禁西裝褲頭內襯衫下襬老皺不堪，與腰際上潔白平整強烈對比。褲褪及膝，瘦削骨感的臀安穩置放衛生紙座墊。

來不及解放，門板外傳來腳步聲響；口袋裡零錢鑰匙鏗鏘碰撞，如一首隨行伴奏樂曲。你在臨界點鼎沸，但對方如此堅決：快步走進，位置站定，尿水立即嘩啦嘩啦擊打光滑小便斗內壁。你不得不退讓，油亮鞋尖悄悄後縮，腿向內彎折隔著西褲布料抱擁馬桶兩側，皮囊洞口狠狠憋緊，裡頭打轉尿水幾乎衝上腦門。你不想合奏，至少不要是躲在暗處不具名那種。門板下第二塊磁磚，你所知安全距離，門外絕無窺視可能。你在門外時，常以縫間鞋頭判斷裡面是誰，那些大方公開的八字角度。但現在不會有人知道是你，不會有人心底起疑，這人什麼毛病在小便斗前罰站許久？或什麼原因非得把自己關進方格？那些本來就不會有答案的問題。

瀑布水聲流在耳邊。你是闖空門歹徒，主人歸來後，躲身櫥櫃閉氣靜默。無聲眼神在小空間飄移，右前無蓋垃圾筒半滿，堆疊盛白衛生紙花，上頭有你工作夥伴屁眼上的屎漬，在花瓣表面留下成片瘡痕與潰爛斑點；這些享受的私密時刻，總必須與如此髒污事物為伍？你視線正前方，廁所門板後，公司無所不在貼則勵志小故事：一位前線士兵在戰爭中被炸斷條腿，歸來後萬分苦痛，長官卻對他說，至少你以後只需擦一隻皮鞋。

那麼極烈的痛，也能被輕易帶過嗎？外頭快槍士兵已收妥槍桿，洗手枱水聲嘩嘩；暗處觀眾包廂裡的你，幾乎要為他出色表現起立鼓掌。故事上方另有標語，提醒你如廁後記得沖水。

小故事最後一句結語：面對人生黑暗，應往正向思考，才有希望。

＊

台北東區，結合偌大書店的時尚購物商場。

硬底皮鞋行過，溫馨聖誕樂音中，跟隨節拍輕脆作響。多像歌舞片場景，你一個人，西裝筆挺，早晨晶亮髮雕線條依舊，穿踢踏鞋行走美好購物天堂，準備在刷卡花上一筆多餘開銷時，與身邊假裝逛街舞者，朝鏡頭擺出誇張笑容，前後組排華麗隊形，手臂環著名品提袋瘋狂舞蹈。

完好世界。如果能指定每個人心底對你印象，希望是在其間緩步悠然行走。在禮品樓層，那些比時間昂貴的液晶電子鐘、比眞人有生命力的造型玩偶、比回憶精緻美麗的科技相框，遍地零星巧思，等候被組裝成一套完整而美好的生活樣貌。

你沒赴約，理由強而有力，家人北上聚餐；沒人敢否定佳節團圓有何意義。你獨身逆向同事所前往的西門町，來到這裡。前一晚你未準備禮物已決定缺席，今日卻仍表現遲疑不定姿態，眞是做作；以爲終有機會，其實早被否決。那是對自己的信心嗎？相信能有比應酬般與一群不算熟稔同事歡唱更好選擇，並能毫無懼怕，名副其實平平安安度過漫漫長夜。

玻璃展示櫃前，你停下腳步，一尊不過手心嬌小機械人型，全身白銀色澤，關節處隱隱散發寶藍光芒，標價一萬五仟；旁邊同材質機械魚，眼珠紅亮有神，尾巴多連結個銀環做鑰匙圈用，要價一萬。展示櫃後方暗銀鏡面，你凝視自己皮包骨似骷髏面容，插上打氣筒也鼓脹不了的瘦削臉頰，目光神情暗不見底。在鏡中瞥見，有相同族類在身後賣場空間同樣緩步飄移，貼身而過時，你幾乎嗅出同科同種分泌出的同款焦慮：今晚該不該找根陰莖，好好塡滿空洞自己？

慶幸尚且無此慾念；見到他們，你對自己更具信心。這些無可救藥的殘渣，將再次在週末夜打開他下賤雙腿，讓那些或長或短、或粗或細、或直或彎、或快或慢的陌生雞巴來回抽插。你昂起頭，證明自己與那些眼睛只敢望向地板的恐懼身影不同。轉過身，你提起踢踏鞋，像頭歡快的驢經過他們身邊。

多麼令人欣喜而驕傲，你選擇你所要的。找間有格調的餐廳吃飯，喝杯混有藝術氣息熱拿鐵，在音樂殿堂中揮霍時間試聽尋寶，翻閱每一本稍感興趣的藝文書籍。最終，搭上末班捷運回到住所。這是屬於你一個人的悠閒夜晚，多麼好，你不用受苦聽破嗓同事硬拉高音，擔心換到一個只想直接丟掉的破爛禮物。

那群傻子能提供什麼？你猜想一定有泰迪熊類絨毛玩偶，天生眼神呆滯柔軟順從模樣，假溫情最佳道具；也一定有香精油組，俗氣極了，濃烈氣味欲蓋彌彰，有體臭毛病才會想到的笨蛋禮物。那群傻子，不可能明白你要什麼。

你要的與每個人相同。即使本身如此破敗，你渴望美好。

沒參加不代表獨自一人落寞。聖誕快樂，你昨晚就給自己備妥禮物，並且已穿戴一天，昭示眾人對自己的寵愛。昨晚遊蕩此地戰利品：黑色是最優雅色澤，V字領則帶有書卷氣息。像此時此刻，溫馨城市中你所呈現的模樣；如果沒有鏡像倒影提醒，或許自己眞有機會擁有完美。

你純潔的像個低能兒。你只是像所有人，渴望美好。

*

遠遠地，你見到屬於他的光芒；在灰濛細雨中，像座堅定不移燈塔。

店門還開著，是你回來早了，或他太晚休息？都在預料外。該說幸運或不幸，如果提前知道，是否選擇避開？他遠方米粒般模糊身形，已足夠讓你掀去一整層皮；他是通關密語，讓你體內深處蚌殼般緊閉的盒，被烈火炙烤，全數猛然開啓。不適當時機，明白將讓你背信自己；果然你意志力僅是沙灘上築起的城堡，他是海嘯，輕易將你平踏而過。

你不能直視他。強裝鎭定，你手提公事包購物袋，另一手拿白色兩節短傘，肩背微微彎曲，神情略顯疲憊，完全精準上班族超時下班姿態，不應該顯露其他異常。你在對街騎樓，故作姿態直直前行，卻像個同手同腳菜鳥新兵。越靠越近，眼角餘光瞥見他背朝你，你才敢放肆轉頭向左，將貪婪神色完完全全投注對街那頭。

住宅區聖誕夜，街道兩側店家提前打烊，留下店門口已熄燈的聖誕樹，或獨自承受冷風的聖誕老人汽球。喜愛熱鬧的還未歸來，巷弄沉默安靜。漆黑暗影街道布景，聚光燈集中在屬於他的摩托車行，毫無質疑勤奮努力，超然於節慶。

此刻他正在店面騎樓，蹲在一台側躺的摩托車旁，手持不知名器具朝它糾結底部用力探挖。他簡潔短髮依舊刺蝟般直立向上，帶點野草率性；身穿往常短袖靛藍色小翻領賽車服，剪裁合身，肩胸口臂膀均繡上各色裝飾樣牌，裡頭另穿暗灰長袖保暖衣物，貼覆手臂強健肌肉；下半身與賽車服同款同色工作褲。全身上下佈滿髒黑油污星點，在你眼中，繪出勇猛善戰、陽剛至極的獵戶星座。

他背部向你，寬肩窄腰獵人身形表露無遺。暗夜細雨，他正在解剖自己送上門的獵物，歡度屬於他的節慶。他的蹲姿別有迷魅魔力，背脊身軀向前彎傾，將貼合衣物拉至緊繃，浮現雄健多肉肩胛肌、闊背肌弧度，像一面厚實飽滿黃金盾牌。盾牌短衣下，低腰工作垮褲包覆豐滿臀肉，意外裸露一段尾脊線條，與無所遮蔽隱然縫隙；冰冷武裝的溫熱破綻，令敵手亢奮激動。曾經你如此膽大，趨步走近只為貪看褲頭縫隙內敵軍最後祕密，幾次眞僥倖得手；但此時戰況，已不予許你再越界雷池。多麼殘忍，你還得佯裝沒事繼續前行，眼前明明是全世界最精彩的舞台劇，卻無法停下腳步選個好位置大方行觀注禮，更別說走上前仔細端詳微小細節。

目光飢渴貪求，夾帶如此龐大慾望簡直具有重量，沉沉壓在對街賽車選手滑順背肌之上。倏忽他直立站起，轉過身，往你所在方向望去。你倆眼神交會，不到一秒你即戰敗別回過頭，儘管相隔街道距離，所有訊息已完整傳遞完畢。那擁有剛毅線條的完美輪廓，那深邃而殘酷的冷血目光。在他面前，你極度渴望自己未曾存在；那一瞬間，你希望徹徹底底毀掉自己。

任務失敗，再次被發現你餓死鬼貪婪神情。低等生物如你，被獵人鷹隼視線鎖定，生存食物鏈中已註定誰將被淘汰。心臟暴烈跳動，你全身僵硬無力，勉強控制自己平穩踏完細長獨木橋上每一小步。何時開始的？當他發現被慾望奴役的蒼蠅逡巡身邊，不管你目光是否停留，總能機警地停下手邊工作，站直起身，反將灼熱視線投注在你肩、你背、你朝向他的每塊潮濕陰暗表皮。這個連正步都踢不直的菜鳥，獨自一人，在總司令閱兵視線下僵硬而恐懼地行過。心知肚明自己有罪，你虛心低頭，接受所有懲罰。

你所構築的完整表相逐漸龜裂，身後步伐路徑，隱約可見從你面容剝落的陶瓷碎片。對方清楚辨識你名牌襯衫下藏些什麼，知道你並非單純路人走在回家途中。此刻暗夜雨景，你被透視得如此清晰。

步出騎樓終點，你沒有回頭。細雨落在失去光滑表殼的殘缺面容，赤裸血肉上肆意流竄。西裝外套道具還得在下次佯裝正常人形使用，不能淋雨，於是撐起手中白傘，往屬於你的黑暗沉默巷弄轉進。

＊

於是你知道今晚不會這麼輕易度過。

闔上鐵門，進入光線黯淡租賃屋房。購物袋失去繽紛色澤拋置床鋪，裡頭兩張精挑細選另類CD、一本結合推理與驚悚的翻譯小說、各式藝文活動DM酷卡；原本知性藝文之夜，此刻顯得多麼滑稽諷刺。枯坐電腦螢幕前，你伸指按下電源開關，沉默屋房開始悶哼細微嗡嗡聲響。不是第一次對自己失望，嚴格說來，幾乎成爲你的專業強項。

愚蠢至極，居然以爲可以安然度過，斷然回絕眾人圍聚的溫暖場合。那些嘈雜噪音歌聲，至少不會讓世界安靜到剩你一人；主動將自己排除於歡樂氣氛外，你理當感到後悔。房間磁磚地板冰冷至極，寒意如氤氳白煙，自腳底纏繞而上，終將把你落單身影凍結成柱。

該不該直接放棄，找一根連老鼠洞都願意幹的爛屌，粗糙而暴虐地搗弄你發臭屁眼？曾經那些失控夜晚，你爲求甩開後頭緊追不捨的理性自己，藏身三溫暖黑房間嚴寒角落，豎耳聆聽整夜繁複組合交媾喘息。舞台缺乏燈光，熟練演員們仍清楚走位；黑暗中見不到彼此模樣，更令人莫名亢奮。或許這便是你所願意，憑膚淺觸覺在心底勾勒冀望渴求；永遠不想知道走出黑暗舞台後，對方在光照下將顯露什麼殘破缺陷。

於是幽暗走廊令你恐懼。那些畸零者如你，頂著被別人揀選剩下身軀，強裝可有可無，站立昏暗甬道兩側，花漫長時間等待某個一時糊塗且必將悔不當初的落魄靈魂。幾次你接獲邀請，與一張和你相同耐不住微小機率的清楚面容進入單一小房間裡，卻無論彼此如何撫弄，雙方胯間小物仍皺縮得像張倔強緊閉的唇，毫無動靜。還不及一個人來得興奮呢！那些黑房間，那些成雙成對美好身影。你將自己鎖在一對完整壁人的隔壁房內，耳朵貼附毫無隔音能力木板牆上，隨他倆節奏手心搓揉勃然下體。

電腦已開機完畢，點開某個影音檔，燦爛陽光灑在白淨沙灘，一位金髮碧眼肌肉猛男，正直挺著勃起無礙的巨大陽具，進入另一精壯身軀之內。你房間那扇朝外窗戶半開半闔，還下著雨，外頭歡度節慶人們是否感覺掃興？還穿著襯衫西褲的你拉開抽屜，伸手往裡頭摸索，而後起身，倒杯滿滿開水飲兩口含在嘴裡，和著手中藥丸一併吞落。早知道的必然結局。

沒什麼好躲的。兩款中氣十足健康男體繼續吟叫，你切換畫面，進入網際網路搜尋引擎，開始將你所能拼出的齷齪字眼排列組合輸入，在虛擬國度出發漫遊無盡延伸，查看與你相關的任何線索。大多是令人眼花撩亂色情網站，洩慾式書寫你完全理解，文字上的性關係通常比實際暴烈。你鍾愛描寫慾望的，尤其爲了慾望什麼淫賤事蹟都做出來的，即你本人。

舒暢感覺，自體內遙遠國度馳騁英挺駿馬翩翩到來。你接獲指令閉起雙眼，十指靜止懸浮鍵盤之上，像個架勢十足鋼琴家，沉靜思考如何落下第一個音符。

而最糟糕的表演同時要登場了。昏眩的你離開座位，在魚目瓶罐雜物中抽出褐色玻璃藥水，接著拉開櫥櫃，拿出網路購買的橡膠陽具。取模情色演員實際尺寸，二十五公分長五公分寬；比警棍更具攻擊氣勢，適合每個警官拿在手上往歹徒頭頂敲去。原本規劃的知性夜晚仍佔據床鋪，提袋內迷你藝文展覽無人光顧；你褪去西褲底褲，只著蒼白襯衫躺臥堅硬方格白色冰磚。多麼可笑畫面，你爲假陽具戴上潤滑安全套，彷彿害怕懷上情色演員身孕。準備妥當，沒有主人在場的碩大陰莖獨自戴帽上工，手邊藥水湊近鼻翼猛然一吸，往煤炭礦坑列車開始行進，一節一節車廂以同等速度，陸陸續續隱沒漆黑窄密洞口……

但你明白，極限不只於此；身體所能容納的，比想像多。拔出沾滿屎糞的完美愛人，再見了髒鬼；薄情的你奮力站起，步伐歪斜，往一旁冰箱走去。那些健康的根莖植物已夠成熟，能理解世界上終將有人以不一樣的新鮮方式，品嘗它們。你是辛勤果農，將它們自冰箱一一採下，整齊排列雪白色澤寒冰極地之上。這回該怎麼稱呼自己？蔬果達人？那些受苦受寒的，終將被你溫熱體腔漸漸暖化。

時間過了多久，被慾望遮住雙眼的你無從得知。只是各式條狀物或非條狀物在體內來去當下，你遮掩不住心底強烈疑問湧上這件事樂趣究竟在哪？要不要乾脆出門作賤自己，儘最快速度結束這段漫漫旅程？頭昏目眩的你沒有回答能力，於是像台笨拙機器，反覆再反覆地抽幹自己，挑戰胯間小洞所能深入到達極限境地。

終於你疲憊至極，不得不停止機械手臂；這間只生產排洩物的廢物工廠已超時運轉，得休息了。好好整理自己，趴跪冰冷地磚，以白淨衛生紙將滴落的血跡糞漬擦拭乾淨。你移身電腦前，點開機密私藏資料夾；重回街道，裡頭全是他的身影。選擇連續播放，這張正值夏季，光線飽滿，他身穿緊身白色背心愉悅表情與顧客談笑；那張北風陰冷，他仍糾結手臂肌肉，奮力爲幸運摩托車鎖上後鏡耳朵。鏡頭這端你癡傻表情，以庸俗凡人目光，凝視天上神仙不可思議完好身形。回想那些場景，你如此膽大，冒忤逆之罪在對街假裝用手機傳簡訊，實則拍攝下凡天仙各種姿態。如此興奮刺激，令已感官麻木的你，再颳起一陣撲天蓋地顫抖痙攣。

有個實質抽屜，收藏他曾經贈與你所有信物，此時此刻也該它們出來透氣。於是你動作輕柔地將那些飲料瓶罐、衛生紙團、書信草稿、洗淨的空保險套，以及一紙盒或長或短、或直或捲毛髮，賞玩古董般排列身邊。這些被遺棄的，竟然仍是他正常不過人生樣貌！拿起書信草稿再次閱讀，仿若一本貼近你關鍵核心的詩集。白紙紅格線標準信紙，當兵才會發放使用老舊款式，傻愣字跡陳述簡單至極愛意情緒：「……我這樣對妳，好不好妳也說一聲，我心裡面想的難道妳不明白嗎？我愛妳，我好愛好愛妳……」這已是他最私密的情緒了嗎？私密到無法寄出只能丟棄？不可思議。

濃稠慾望，夾帶一絲想摧毀對方的仇怨憤恨。為何別人能夠如此完整？且多麼殘忍，由破碎的你一再見證？此刻電腦螢幕，他身軀如此挺拔，眉心輕皺，眼神正對拍照鏡頭，將見證你再一次無可救藥的失控行徑……

＊

所以你再次出現在街道舞台，一點也不意外。

最深最暗的夜，你進入他生活唯一機會。摩托車行店面已拉下銀亮鐵門，騎樓淨空，舞台輪到不受歡迎的演員登場，沒有燈光願意配合打上，布景僅剩滿地髒污與黑油鐵筒。換上全身黑衣夜行的你，站在屬於他的位置，心跳在體腔內猛烈來回撞擊，更甚藥物所能給予。雨漸漸平息，路燈光影如此乾淨。往對街張望，曾經自己看來什麼模樣？在他眼中，會不會只是一隻低頭疾走髒惡灰鼠？或生命力旺盛渾身細菌醜陋蟑螂？理所當然，你該被撲殺。

騎樓地板油污又黑又厚，中間一塊塑膠黑墊，平常摩托車看診平台，由帥氣賽車選手醫師親自操刀，向摩托車下體伸出靈巧妙手，解放肚腸裡滿腹苦悶機油，再咕嚕咕嚕灌入賽車選手體內瓊漿玉汁，保證百病盡除、通體舒暢。

你站在黑墊發抖，齒際喀喀作響。會不會此時他其實躲在某個漆黑角落，雙手交叉胸前，靜靜觀賞這場搏命演出？你知道鐵門後同時是他住所，他很可能隨時因莫名噪音醒來，而後滿懷心機守候一旁，等不肖惡徒做盡壞事，突然現身將你繩之以法……

即便如此危險，你仍選擇在那塊骯髒黑墊位置，平平躺下。

長年油污沾附衣褲髮絲，終於你得到和摩托車相同待遇，只是醫生缺席；所幸沒有其他摩托車在場，否則必將被嘲笑：醫生不想碰你。所以，只剩自己。騎樓天花板交纏灰黑蜘蛛網絲，黯淡無光燈柱彷若千年古蹟衰敗。寒風冷冽，你代替醫生雙手顫抖撫過黑衣身軀，毫無創意可言，最終往褲襠隱沒而去……

＊

漫漫長夜，該做個了結。

再次歸來，你大口大口喘息。你未空手而回，寒冬裡豐收，提袋垃圾走進冰冷屋房。經驗告訴你，如此小型袋來自他私人房間，而非車行；只是先擺放店門口角落，垃圾車來時一併丟棄。

你興奮褪去全身衣物，沾上油污的黑衣黑褲小心摺放，待下回漲潮滿月夜行再次穿套。赤裸多骨臀肉貼放冰冷地面，激動使人暫時忘卻寒意。你這個瘦弱蒼白孩童，忍不住對溫熱食物伸出飢渴雙手，準備將屬於你的打開食用。多麼期待，希望是他性愛痕跡，總叫你最爲興奮。你如此臆想：這或許要比眞正與他發生關係，更要刺激誘人。

拆開袋口，取出許多皺捏成團破報紙，將它們攤開，裡頭空無一物，也並未沾上髒污。破報紙團下仍是破報紙團，像一則無解謎語。正當以爲運氣不佳，僅偷竊一袋回收紙類時，你見到他所要交付給你的。

巴掌立方蛋糕紙盒，粉色盒面有燙金字體麵包店名稱地址；盒頂因破報紙團擠壓略向下凹陷，盒上綁有鮮紅彩帶，十字交纏棲息一隻無法振翅疲軟蝴蝶。包裝拙劣的聖誕禮物。仔細翻查袋內，除了報紙團與紙盒，再無其他。你將屬於自己的禮物捧在雙手，裡頭濃烈屎臭氣味，直撲鼻尖。

終於你沒有被遺忘。在這個感恩節慶，不需交換，有人直接贈與你最私密的專屬禮品。你見到他穿著帥勁賽車服裝，站在遠處終於鬆解緊皺眉心，換上歪斜笑容與促狹表情，對你招手示意……

心跳鼓聲，到此猛然暫停。

你突然不明白，自己對此究竟有何情緒。是羞辱嗎？對方果眞視你殘渣，明白你在暗夜中做過什麼，並因此給予嚴厲懲罰。坐立難安，不用他出手，此刻你已直想拿把鋒利刀刃戳戮自己。

然而，同時一股來自禁忌的興奮，自冰涼股間慢慢擴散。怎麼說，畢竟是你所渴求完好形體，都是他體內之物，難道不該像取得性愛痕跡般歡欣起舞？如此滿足激烈慾望地，把他給予你的全數塗抹面容之上（並貪婪地伸出舌尖舔食）？或爲表示親膩，把它完完整整地，塞進自己毫無極限邊界的寬闊體腔之內？

所以，該怎麼做？全身赤裸的你，凝視眼前未拆封禮盒，動也不動，姿勢像尊廢棄公園乏人問津蒼白石雕。時間一分一秒過去，氣溫寒冷，毫無遮蔽肌膚一吋一吋漸漸冰涼。你很清楚明白，這整件事和他一點關係都沒有；有天若他死了，你也不會流下任何眼淚。這一切，都只與你一人相關。

不知時間過了多久，抬起僵硬脖頸，向窗外望去；雨已完全止息，遠方天空逐漸展露魚肚白亮。新的一天即將來臨。冰冷極地上赤裸的你，終於疲累地感覺，一絲絲昏昏沉沉的，垂軟睡意。

紫　　花

是幅未註明發語人稱的零亂壁畫，夾雜某一時代風景。

入口極其隱蔽，如生態節目鬱密叢林畫面，一只數層樓高洞穴鑲嵌陡峭岩壁，線條猶如嘶啞吶喊姿態，巨碩壯觀。蝙蝠烏雲日入夜出成片來回，天際交接時分，舞群聽聲辨位，在漸層晨昏線譜如交響音符穿迴，反覆旋轉，翻動整片足以籠罩森林海洋的黝黑紗網。

盛世已過，景物蕭涼。寬廣洞穴內潮濕晦暗，頂頭倒掛飛獸稀疏落下星點糞物，養活底部數層彼此交疊攀爬烏亮蟑螂，沼毒之氣迷漫四溢。

終有來者，卡茲卡茲清脆踩過滿地交疊蟑螂，抵達黑暗盡頭。遼闊無盡牆面前，伸手撫摸，滿佈緊密而繁複刻痕；是文字圖騰符號，整牆整面，如此壯觀。億萬分之一機率，指尖撫過微小紫色光點；彎身細細察看，光點線條彎曲，蔓延如花朵綻放。

似曾相識？是前行者闔閉雙眼入夢後，所見證的眞切回憶。

＊

那是第二次服用黑貓。老克臘出國前留贈藥品，紫花繁衍的溫熱土壤。

遵循首次服用方式：先吞E，有感覺再吞黑貓。桌面僅剩透明空袋，袋內兩顆紅白膠囊入腹已三小時，袋外貼紙繪有黑貓斜眼，底一排日文，穿插英文單字 sexual 。黑貓，好春的藥；乾枯獨居屋房內，卻不當春藥使用。

身體在等待，等待時間空間再次急速旋轉扭動。雙唇乾裂，冷氣房內額頭頸背卻涔涔汗水，四肢癱軟，仰坐沙發。寧靜暑末午後，落地窗馬賽克玻璃晶透閃耀，暖化升溫氣候隔絕室外，光線入門映照廳房地磚，遍地亮眼液態水銀緩緩朝內流動。世界沒有變化，沒有第一次服用黑貓的遠行際遇，僅反覆隨著昏眩感觸原地打轉。

沒有感覺。該慶幸？或者失望？屋內不成材的遠行計畫宣告失敗；不用上班的日子，揮霍光陰，留下大片空白。未被視為一門累進知識，無人能回答：為何使用相同藥物，卻不會有相同結果？座位旁散置記事本，裡頭豐厚飽滿訊息，藏有時間非線性直行的跳躍證據，是否即預知無效結果？此刻已不想探知。

如果已經沒有前方，待清醒些，必然將到達屋房內流浪終點。屆時將恢復手機通訊，開啓網路信箱，回應所有訊息。這是可想而知的宿命結果？或者違抗命運的挑戰動作？難以定論。在複雜未知領域航行，疲憊身軀，終將渴求靠岸。

該是結束時候，奮力起身，見桌面仍剩些餘K粉，又略微遲疑。如果終將靠岸，航行路線是否還須拖延？或者相反：因爲終將靠岸，所以航行路線必須拖延。

K使人遲疑，像哲人沉思。K原始用途：大象麻醉劑。單獨拉K只是昏眩失神，與E並用則具提藥功效。腦內血清素滿載愉悅舒暢感受，如火山熔漿爆發湧流全身。如此反覆來回數月數年視個人造化，直至肉體產生適藥性。而後，K與歡愉無關；K是一把鑰匙，無人確知將開啓什麼。K粉穿過鼻腔，留下陣陣苦味，苔蘚般緊緊黏附喉間。

K具有科技感，屬於未來。長時間凝視環繞身邊物品：三十二吋平面電視、零熱量可樂空罐、冷氣音響電視各款佈滿按鍵長方形遙控器、銀白色無線電話……視覺產生全新意義，彷彿視網膜所映照的，是數千年前地底皇陵出土文物，超脫外觀與實用意義，組成一幅見證整個時代的宏偉圖象。

歷史是謎，未來也是謎，好比夢境。總是從夢中清醒時，紙筆記錄殘存腦海幻境，試圖在錯亂時間河流中，刻劃當下位置。大多夢境並非現實，但現實卻常在夢中出現。

共通經驗：現實生活時刻，見證夢中曾出現相同場景。畫面、對話、情節，甚至自己反應均相同，每回僅維持三兩秒即斷，與網路失去連繫。科學解釋：既視現象。左右腦不平衡，誤以爲曾經見過，其實僅一邊腦神經感知反應早千萬分之一秒抵達。除非能有證據，證明夢裡所見曾被記錄，預知說法才能成立，卻始終未聞記載。

抄寫夢境：回憶之書？預言之書？

失去周休二日刻度，時間任意向前向後放逐，無法清點計數。謀求溫飽的上班獸人生活，若尚未從K粉清醒，仍是幾輪冰河期之前記憶。穿過窄小鑰匙孔洞，望見密閉冷氣屋房內，一頭身形壯碩且體毛糾結的暗褐長毛象，蹣跚而過。

預言得知的未來，是否即能代表命運最終走向？代表之前所有選擇，包括決定是否交瘁盡力或中途放棄，決定篤志堅信或徘徊質疑，至終都將匯整集流進入同一結果？時間交錯短瞬幾秒，像兩組文明系統，穿透整座浩瀚宇宙凝視對望；鏡面這端，是否有選擇餘地做出與夢境相異行徑？軌道間是否容有逃逸空隙？

除非能有證據。

*

已成過往正常上班日，週末假日首次服用黑貓；其後興奮向老克臘描述：那晶亮紫花，那人類物種未來模樣。

那是另個小型聚會，大麻煙又濃又嗆，昏黃室內白霧稠密，任何越界話語似乎都能得到安全遮蔽。加班下班同事朋友四五位終於到齊，輪流將古玩店購得翠玉煙斗湊近嘴邊，眼瞇成縫大口深吸，煙斗尾端圓洞燒出絲絲紅光。

巫者正在譯解繁複時空密碼，以有限字句描摹人類興亡始末。老克臘沉默聆聽，眉心微皺，雙手不自主用力，彷彿纏困難解籤謎；煙霧暗影中目光閃爍晶亮，如官能敏銳夜行獸物，在尺餘高芒草叢間停下祟行腳步張望，任滿天悄悄墜落流星雨光影倒映眼瞳。

如此物景，清晰確定，夢中曾經見過。

解密者停止話語，大麻自舌尖擴散身體邊境疆域。時間凝止，隨之拉長感受以最小計時單位反覆驗證夢境所見：煙霧兜轉線條、電子民謠樂音橋段，老克臘或質疑或驚恐，或兩者皆非複雜神情。

既視現象，屬於自己的誤解，造物者程式設計中不傷大雅的細微瑕疵？或眞與預知未來相關？即宿命論，原先堅持什麼放棄什麼，最末仍安穩坐在昏黃小室，抽大麻煙。

預知宿命，於是渴望抵抗。喉頭間一句話：「這場景曾經夢過！」遲疑夢境裡究竟有無說出口，來不及判斷記憶中的預知畫面，未確定是否已選擇反向操作，兩三秒即視現象短瞬消逝。最終似乎仍與夢境相符合：空白度過。宿命眞無可動搖？

於是不提起，顧左右而言，打破沉默：「至少比上一次 5-meo 有趣。」

眾人笑。大麻煙籠罩頭殼身軀，心神鬆懈，任何小事都能成爲笑點。老克臘也笑，辯白地說：「那是使用方式問題。」

*

5-meo 也是老克臘給的。又一款催情藥，激烈性愛使用。尖底塑膠試管，少量白色細末混合可樂服用。

另一場景，周六冬日午後，冷風刺骨不宜外出。前晚又服用過量E，身體空空洞洞，等人似的獨自靜坐床緣許久。不明所以，突然起身將始終未有機會服用的 5-meo 吞入肚腹，繼續坐回床緣，無盡等待。直線開始彎曲，深暗色塊發出烏黑光亮，汗流，口乾，此外再無其他。無聊至極，只覺暈眩嘔心，光塊刺眼，藥退後如跑完五千公尺虛脫。無效藥物。

又或者LSD。小於指甲片三角薄紙，無色無味含放舌下。舞池電音節拍震耳，腦中紛亂思緒雜質緩緩下沉，欲聾樂音剝落生硬外殼，露出層層分明、無比清晰旋律結構。視覺距離忽遠忽近，光影人影彼此追逐，色彩拼貼，華麗至極。此外再無其他。舞跳累了，挨擠穿過闔眼身軀潮浪，至無光暗處擇椅而坐。無效藥物。

老克臘說：使用方式問題。彷彿與藥物無關，有關的是預設立場。不夠精準藥物，僅有簡單娛樂功能，太輕易被預設結果牽行。

*

最精準藥物經驗：Believe。

那是至日本出差，入夜後在池袋脫隊，搭山手線至新宿遊晃。熱鬧街頭，一旁攤販賣耳環飾品般在自備鐵架展開小行李箱，箱內廣告紙板彩繪字體：Legal drug。合法與否無從得知，滿懷好奇，經過、再折回頭、又經過。箱內僅是整齊陳列幾個又薄又小塑膠夾鍊袋，袋內簡單圖卡標示藥名。終於留步，直覺選定，掏錢時東張西望有無警察，懷疑公開販售是否陷阱；若在出差過程中進異地警局，如何向公司交代說明？塑膠袋捏在手心，如此薄，進地鐵站後忍不住躲身角落確認，一方折疊錫箔紙，夾著幾不可見些微白色細末。

宿命論。買或不買，在性格之前已成定案。

毒品粉末欲洗清滿身罪名似的，所見一律純白。出差回來當週假日，細末入口，無異味，分量少到懷疑是否已呑入，灌幾口水沖刷齒縫。等藥效時間，開啓電腦整理出差照片，建檔命名準備公司投影報告使用。這張是通路端轉運總站作業現場，那張是與娛樂行銷部門經驗交流會議實況。

藥效又急又快，好似在體內翻攪已久，無可壓抑噴湧而出。眼眶泛熱，螢幕照片活絡起來，會議室望向投影牆面與會人員，靜止時空中恢復呼吸，著西裝的肩膀淺淺起伏，幾位彷彿正要轉身，卻遲遲沒有動作。空間向度崩解，身歷其境，心跳搭上極限賽車猛烈加速。眼皮踩煞車，緊急闔閉，高速行進猛然停止，巨大座力幾乎將靈魂甩出身體；其後大口大口呼吸，暫且得到片刻喘息。

做好心理準備，重新開始，吸氣吐氣反逆暴風猛擊，張開雙眼。挑戰意味伸長手臂拿取搖控器，電視頻道開啓。不可思議，任何畫面都值得驚嘆：濃煙嗆鼻高溫紅燄火災新聞現場、辛辣食材烹煮香熱冒煙拉麵達人競賽、面容姣好皮膚白細女星晶瑩淚水化做碎鑽閃閃低落……。如眞現場，宛若親身站立一旁，貼得極近極近觀看。強烈感受覆蓋意識，對於造物者所陳列展示，完完全全叩首信服。

畫面停在Discovery，地球脈動生態探索。鬱密山野茂林，一只數層樓高巨大洞穴，鑲嵌陡峭岩壁。曾經群居猿人住所，今已荒廢成神祕角落。幾個仰角鏡頭照攝洞底遼闊牆面，如此壯觀；親臨造景前，幾乎暈眩。

讚美萬物。Believe：所聞所見，全身細胞都願意相信。

相信與否和眞實再無相關，腦神經某塊區域即能決定；其外殼表面佈滿精密電路細紋，藥物刺激下，如一張爬滿數億萬字元資料記憶卡，暖暖發熱。

當心理感受成爲一種如此完整而全面的眞實經驗時，是否仍能以「幻覺」歸納稱之？這一步已跨越因果，經驗資料庫中前後順序碎裂：沒有因，照樣能有果。以清醒常理判斷，多麼墮落消極；以模糊視野觀看，多麼前衛激進。

新宿街頭，那只輕巧行李箱內，還有多少感官形容詞被收納陳列？是否包含達到社會經濟高階地位的成就感受？是否包含心神體悟藝術美感的激動亢奮？或者包含已徹底毀滅敵手的權力慾念滿足？包含一組DNA化作實際形體心跳後，能夠終其一生倖然逃開，物種歷史蔓延的孤獨寂寞？

人腦所能開發，難以想像。是否終有一日，人類文明幾千年後尚存，完整發現腦部管制感受區塊操控方式。人類，除非自己願意，否則再無痛苦、悲傷、沮喪……。再無鬥爭，人人皆得歡愉。多麼美好，人類物種睡前晚安故事。

老克臘說：可惜沒跟上日本行。出差考察團成員均爲企劃單位，不含商品採購，反正也難有完整檔期配合。

問起曾旅遊日本者，曾行走新宿、涉谷卻毫無印象；攤販隱藏魔術之後，僅頻率相同者始能觀見?現實與記憶均無可採信，無辜純淨白粉成分為何，永成謎團。問：會不會古柯鹼、海洛英那類?千年山路已過，神農不及嚐試之物，太多太多。

老克臘曾使用一次，後來才知是古柯鹼。

感覺形容：與自信相關，完全認同自身細枝末節的純然愉悅。一級毒品，位處高塔尖端。中產階級什麼都卡在一半，此領域亦不例外。後來呢?後來朋友的朋友的朋友手機不通，幾次探問無消息，貨品於此斷源。倘若再試一次，多試幾次，該能有更貼近形容。已保留安全距離，多狂妄表達嗜毒立場都行，總之未能成真。

*

其實慶幸，未有管道買取古柯鹼、海洛英，以及任何長期服用將藥癮纏身毒物。否則這群欺瞞者，必定佯稱掌控使用狀況，實際心知肚明，步步走進泥濘沼澤，終因成癮毀棄生活。現實世界結構，宏偉堅固碩大建築，遮蔽龐然天空耀眼光芒；工整蟻群趴行而過，路徑早由成千上萬蟻輩祖先決定，銘刻基因體尚未承載密碼空白處，深根信仰無可動搖。一切生命完整圖象，豈能輕言推翻?

於是相反意念在同一身體並存：隨性時刻縱容的任何毀壞，事後都須重新修復。

二、三級毒物如E、K苦喉代碼，不足傾覆嗑藥者全盤人生，卻仍殘留諸多頭痛、嘔心、恍惚、憂鬱副作用。其中最恐懼，是藥物對腦部傷害。聰明是外表之一，擁有高智商，如同擁有一雙深邃明亮眼眸，或線條完美直挺鼻樑，都是美化世界景物，無論實際用途爲何。理解力降低，記憶力衰退，猶如在平滑白皙面容上刻劃一道道鮮明皺紋，以知識滿足自身想像者最永恆噩夢。大企業環境，若被認定聰明不足，無疑標識終身藍領。任腦部承受損傷，等同對外宣告放棄態度。

不願與行進隊伍脫節。任何細微毀損，都需重新修復。

那是辦公區午休時間，街巷自助餐店滿是人客，高架半空電視響亮播報新聞。與老克臘一起用餐，捲起長袖襯衫袖口，避免沾上桌面菜油。輕食主義，餐盤內僅清淡蔬菜三款，分量極少。雖情緒起伏時，任何規則都可打破，但此日無風無浪，老克臘拿碗筷模樣，清悠自得像竹林間修行僧侶。太多備援食物：辦公室抽屜裡高纖餅乾，茶水間冰箱裡有機水果。樂活概念，飢餓是良善的，與缺乏食糧無關。

恢復損傷：修補某些已斷裂的腦部神經細密網絡，排除體內深處夾縫殘餘毒渣。老克臘除對違禁藥品有其管道，對各式滋養食材亦瞭解不少。新陳代謝：若入腹毒物能夠順利排除，承受負擔相對減少。如何將多餘毒素驅逐，於修復一具被毒物侵蝕的身體更顯重要。捍衛者，爲維持原本生活模式而戰。

於是嗜毒者間，亦流傳一份養生食譜。

富含水分與纖維食品，最具新陳代謝功效。糙米保留具營業價值外層組織，纖維成分高，且含多種微量礦物質，調節腸道代謝功能極佳。燕麥同樣以高纖維見長，另含高單位膳食纖維，促進整腸消化，避免膽固醇與血脂肪過高。地瓜性屬偏鹼，具中和酸性有毒物質功用。木耳飽含膠質，在消化道間以較強吸附力將殘留代謝物集中，黏結成團一併排除。

排毒，或者解毒。茶葉的茶多酚，蕃茄的茄紅素，均具抗氧化功能。黃瓜生津清熱，特有黃瓜酸益助排出毒物。綠豆味甘性涼，中醫解毒療帖常見。小人參胡蘿蔔降低血液汞離子濃度，進而排毒。繽紛色澤解毒聖品，自消化道擴向血液，追補體內殘餘毒害，逐一吞噬殲滅。

飲食習慣外，尙有補品輔助。例如：銀杏。千萬年前既存植物，萃取菁華，猶如拿取細網自時間湍急洪流淘濾出微粒金砂，活化脈流血液與腦部運轉，與深海魚油相同，可增強記憶力，對抗腦部痴呆。嗜毒者青春悲歌：無法背記只默念一次電話號碼，短期記憶庫已嚴重損壞，此二補品正爲所需。

各式維他命亦爲必需，尤其橢圓深褐B群藥丸。老克臘形容：嗑藥後不適感若久久未解，或可進美容診所，謊稱過度疲勞，自費打支營養針；恢復功效極佳，其後再接觸毒物，猶如無毒身軀初次嗑藥，如此純然。

眾多名目，相較毒品種類過之無不及。然而這端所解，是否即毒物毀損？無從得知。

清醒時刻極端話題，與老克臘閒聊，若非毒物即養生商品，此外空白。某次獨處沉默發荒，玩笑話問：怎用「老克臘」當外號？莫非還迷戀遙遠四十年代的舊上海？老克臘不解問句，只約略知道名字來自某部小說，出處背景均不清楚，甚至誰給命名的，都已遺忘。這時代的老克臘，沒有能拿得上枱面的故事。

某次聚會尾端，拉K時刻，老克臘沒來由地突然發問：自己是否真的存在？眾人各自昏眩，未能應答。情緒滿溢，卻無人承擔。該是哭泣與擁抱臨界沸點，但老克臘只是默默再打開K罐，桌面倒出小堆，拿出悠遊卡將粉末壓個細碎，撥分成幾排直線，一旁斜口吸管對準，吸入鼻腔。

眾人昏眩。幽暗舞台僅一盞微弱燈光，與矮桌前嗜毒者彎身背脊。老克臘如此用力，幾乎聽見K粉吸進體腔的摩擦聲音。

*

無話可談。

未選擇毀損身體的健康週六，沒設定鬧鐘，仍在平日應起床上班時刻睜開雙眼，一如往常昏沉，使蒂諾斯安眠藥效尚未退去，補償心態回頭貪睡。自然清醒即是絕佳好夢，開電腦播放音樂，小廚房內兩顆蛋加起司碎片入鍋，金黃半熟盛白瓷盤做早餐食用。餐後整理待洗衣物置入窄小陽台洗衣機，獨居生活，一週換洗量正滿。陽光十點，運動衣裝出門，步行一段搭捷運往健身房。

跑步機二十分鐘。步伐落下，砰砰節拍與機器運轉嗡嗡聲響齊奏。成排運動者，直直凝視眼前方格，各自電視頻道世界，腳下無盡奔跑。方格後落地窗成片，窗外四線道大馬路，車潮如流，左右川行島型公車站亭。盛日下萬物潔亮，候車亭群聚精緻陶瓷人偶，各自靜止沉默，待啓程動機注入柔軟靈魂，才舉步搭上一班駛向遠方車輛。那動力源頭是什麼？讓原本靜默瓷偶，選擇存活前行？是什麼，讓跑步機輪轉皮帶上身軀抵抗勞累，使盡氣力奔跑，卻仍使自己滯留原地？

窄小方格裡，Discovery 頻道框限千里外遼闊宇宙。二億四千萬光年距離，某巨大星球爆炸死亡，極光閃耀，而後如排水口捲收中央黑洞漩渦。以光年計算的距離，作古歷史畫面一路遙迢而來，像張遠方寄出的，印有壯觀華麗地方特色的，風景明信片。跑步機電子儀器板晶綠字體顯示，已消耗一百二十卡熱量。腳步持續落在每一重音節拍，時間轉化爲可計算的空間距離，向迷濛前方遠遠延伸。

精神抖擻奔跑者，對生命是否同等積極？運動促進淋巴循環，藉由汗水將體內囤積毒物排出；身體心理感受踏實。或加入某一族類，在或長或方密閉空間，面朝鏡牆集體感受 body combat 揮拳踢腿猛烈激蕩、body balance 肢體延展平靜舒緩。勞動竟成爲享受，標準上班族，沒在電腦前，即是群體窩藏會議室，密謀與遠方巨大星球爆炸完全無關的公司行銷政策。

僅只抱怨，如同在健身房內只是原地奔跑，而非眞正革命前行。工作是生活，是一切根本。每日雙眼疲憊睜開，總渴望不再早早清醒單純只爲一份薪俸。艱難問句藏身其後：若非每日工作，生活目標會是什麼？還能抱怨些什麼？每日牢牢捉緊工作，才是逃避問句？總是如此，工作日抱怨連連，連續假期時，卻又感覺如此幸運，能有一份穩定工作，供獨身前來高消費都市者，順利寄居存活。

離開健身房，運動促進腦啡分泌，步伐輕盈。身體舒暢，即能代表幸福快樂？健身房通常相近購物中心，讓有經濟能力者再多掏錢消費？或者，切合放鬆時機推銷商品？又或者，明白有些對世界迷惑的靈魂，無法輕易被身體愉悅安慰，需要更多，更多說不上名目的物品，填補迷霧中躲藏的空虛洞穴。

於是，走進書店、走進唱片行。走進名牌服飾專櫃、走進一間有氣氛的咖啡店，靜靜坐下，看窗外人來人往，看城市角落光影，看一本流行時尚的書或雜誌……百般漫遊路徑可供行走，拖延再次踏入捷運，回到世界彼端獨居住所。

＊

那是第一次服用黑貓。天雷響亮，週日午後下起急劇大雨，潮濕的春雨季節，暗影朦朧幾乎如夜。

嗜E者明知追補劑量僅只徒勞，短暫昏眩後，仍慣性動作第二顆E吞入肚腹，等待身軀再次發抖，心跳重新像顆急躁馬達加速運轉。不可能有食慾用餐，打開補品藥罐，吞顆深褐色橢圓維他命B，滿足身體基本營養需求。陰霾氣息如陣陣濃霧探進屋內，不開燈，懶散癱坐在地。高低迴盪電子民謠樂聲，與濃稠霧氣相互纏繞。時間緩緩流過。等待感覺來；等待感覺走。

總是牽性邁開墮落腳步，往深暗懸崖躍身，而後開始後悔自責。只不過是心理層面痙攣；忍痛抽搐一會兒，即能熬過。每位墮落者，完成自責後，開始尋求更有效全面撲滅清醒意識的麻醉聖品。桌面黑貓雙眼，霧影中晶亮閃爍。拆開透明藥包，沒有激烈性愛，兩顆膠囊隨礦泉水流吞入。

繼續等待。如具僵硬屍身揮霍無盡腐爛時光，枯坐電腦螢幕前，反覆幾首輕柔低迴電子旋律，瀏覽幾個固定網站，給遠方陌生人敲幾句話。對話視窗有人囈語：多高多重？自介。腦海亂數排列組合，心底突然清楚確知，眼前此番情景，曾在遙遠過往夢中見過。既視現象，時空讀取刮痕影碟的錯亂跳躍。如此影像記憶，是否能在抄寫夢境的紀錄中查得？難以追想是多久前記憶，幾個月？幾年？或者，是前幾個輪迴，身為一隻螞蟻，或一隻潛行海底怪異魚種時，昏沉入夢時所預見？（或僅只幾秒鐘？左右腦接收資訊速度差異而已。）

幾千幾萬年前，人類是否即有此一感受？覺得眼前畫面，如此熟悉，必然曾經夢中預見。是一處深密叢林隱密洞穴，尚未直挺站立遠古先猿，躲避天敵追捕，群體藏身其中，酣然入睡。

時光悠悠，巢穴裡先人夢中預視，最遙遠已到何方？是否曾在清醒時困惑夢境如此畫面：形似猿體身影，面朝發亮方形平面而坐，十指敲打發光體前方格塊板，頻率遲疑不定，彷彿一場不乾脆的雨。如何解釋，正與方格另端溝通對話，且成日不分晝夜，近乎所有生產工作、休閒娛樂，都僅止坐在方格前敲敲打打。無所謂虛假眞實，但現實生活該如何與那些被歸類於幻覺的經驗相處？所幸，夢境清醒後，人類總能將大批大批夢中經歷，徹底埋藏遺忘。

科學時代無法說明，除非，擁有證據。

來不及自遠古遙想回神，肚腹突然急促湧動，猛浪來襲，身體反應立即站起，半跌半跑衝往廁所，雙膝下跪馬桶座前，身軀前傾，開始嘔吐。成日未進食，能嘔出的僅有濃稠水分胃液，與其中已成泥漿狀的維他命B，蔓延米白色瓷面坡道；補品土石流，緩緩沉入平靜水面。嘔吐感過，視覺開始變化。座內流動維他命B，深褐色向下線條，漸漸散發螢螢光亮，顯露亮紫色澤；其中結構分子，如顯微鏡頭放大觀看，一顆顆圓潤鮮明，清楚可辨。線條鑲滿碎鑽閃爍晶亮，慢速伸展彎曲，最終盛開綻放，爲一妖豔豐饒、具科技感的，紫色花朵。

經驗之外，狀況未明。奮力站起，眼前廁所柔光影像突然透明，而後消逝。低頭看，地板界面已不存在，身軀飄浮白亮太空（天堂？），四周遠近紫色光點匯連成線成面，連結出華麗繁複透視結構，是進入一片遼闊無際銀河宇宙？或者化身一道電流（一封 e-mail？），穿梭血脈般網際網路，爬行每一面防火牆無法阻擋的，精密電腦主機板？

展帆出航，放下短暫肉體生命所擁有的，往未知前行。

僅存的部分感官知覺與輕薄思緒，紫色光點結構中快速飛行。與視覺再無相關，彷彿傳說中瀕死經驗，記憶資料庫場景畫面，各自濃縮在漫長影片膠卷其一方格，以每秒二十四格電影播放速度重現。那便是靈魂離開肉體的感覺？好平靜。倏忽狂風吹起，影片快轉再快轉；如此短暫，一輩子就這麼結束。

但感知尚未停止，一段個人生命經驗後，立即接上另一個。播放速度越來越快，但每一方格影像仍清晰可辨。歷經輪迴滄桑，突然覺得已擁有大智慧，明白人世道理。

頓悟瞬間，抽象道理化做實際形體，剛開始如海洋暖流成千上萬細長魚種，往同一方向平行前進，而後有些魚身彼此擦撞，如兩顆水滴合為一體。漸漸發現前進方向不再直線，而是圍繞某一空洞核心圓弧運轉。匯集魚體越來越多，彷彿巨大磁場。真理持續運轉，最終僅剩兩股頭大身小巨碩氣流，彼此追逐對方細長尾巴，好似旋轉不停太極形狀。是菩提樹下苦行者，歷經風雨洗煉肉體折磨獲得的頓悟感受？（或者，黑格爾正反合理論實體版？）

是肉體死亡後所感知？回到靈魂大融爐，成為時空與物種進化見證者。向前推行，視無所見但感覺明瞭，親身體驗科技知識累計並非以加法成長，而是乘法倍數快速演進。如此驚嘆，未來人類再無實際形體，僅以意識存在（於是再無肉身苦痛？所以能夠逃過暖化危機，並讓老舊時空的遠行靈魂融入其中，且完全瞭解？）。科學意義已不僅時間空間，所有靈魂原是擁有兩種面向的單一個體，如此巨大浩瀚，輕微念頭改變，世界非黑即白。一體的正反兩面，如何追逐對方？形構這個世界？再回頭遙想人性的黑暗慾念，突然都能理解，原來只是寒武紀、白堊紀之類的演變過程，是一種時代表徵，非善非惡，如此豁達而慈悲。

大格局體驗，猶如參與一場人類金字塔頂端豪華包廂祕密高峰會議。會中並非討論如何提昇業績，而是下一盛世物種共同生存方向。所以，那是什麼？是神的位置？是（高智慧高科技？）造物者曾經體驗的心理感受？

毫無預警，紫光結構再次出現，肉身嘔吐反應重新歸隊，睜開眼（原來一直是閉眼的？），仍坐在現實世界馬桶旁，又一次傾身，只是乾嘔，體內已然空洞。頭昏目眩，全身關節酸痛，勉強站起，走出廁所。外頭驟雨已停，天色改變，入夜漆黑。

如此遠行，人類世界時間，不過一個下午？

身體遲鈍，簡單的拿取眼鏡動作，伸手卻無法控制指頭關節捉牢，連續兩次像夾娃娃機鬆弛械爪，拾起瞬間掉落指間物品，反覆仿若神經系統壞損復健患者。恍然想起工作，生存基本條件，慶幸一天尚未過去，於是笨手拙腳，拿出公事包整理。裡頭週五下班帶回文件原封未動，混沌腦袋，其實最多僅能翻翻筆記本，確認明日行程，準備拖行一具殘廢身軀應戰。

而遠古之前，自夢途旅行千萬光年歸來的疲憊猿人，也已睜開雙眼，凝視洞穴內黑暗風景。

粗糙岩壁，無止盡向四方暗影延伸；黝暗壁面，滿佈將發展爲文化概念的雜密圖騰。猿人無法解釋夢境殘存記憶，反覆沉溺思索，無法自拔。於是，有一細小身影，自黑暗洞穴成片癱軟昏睡猿人群體中，直立站起，緩緩走近岩壁，伸手摸索空白位置，動機不明地，以有限文字符號，將曾經見證的，謄寫其上……

*

繼續生活，繼續工作；都市上班族，如點點霉斑黏附時代巨輪，隨之轉動。紫花經驗開拓另類視野，但回歸所屬世代，整齊衣衫正常工作，卻是生存本能。

不可說的愚蠢幻覺。越界坦言的大麻聚會後，心底明白，不會再提。甚至沒再問黑貓有無貨源，害怕再次遠行未能返回？蟻群低頭不語，躲身黃金結構陰影，快步通行而過。

與老克臘閒聊並同時自責：此等嗜毒者，毀損身體髮膚，揮霍時光，有天必將慘遭職場競爭淘汰。然而，事實相反？

因爲對自己行徑感到愧疚？或沒有勇氣離開日復一日、年復一年安穩生活？週末假日短暫叛逃行動後，職場表現竟更爲賣力；尤其藥後久久纏身頭痛、憂鬱副作用，如大型看板清楚條列罪行在每一扇向外張望的窗，要嗜毒者時時刻刻低頭認錯，渴求在辦公座位上付出更多，以換得救贖。此等嗜毒者，無能革命，源源活力僅用在運動器材上原地奔跑。

如此凝滯狀態，能夠作什麼白日夢？不外乎突然擁有足夠錢財，讓自己不再與工作緊緊捆綁。退休距離太遠，且前端還有一段頗長的儲蓄時期，根本難以遙想，連白日夢都稱不上。意外中獎發財較爲接近，不太實際，正好適合反覆咀嚼回味。總之未能成眞。所以，當從屬的千大企業排行公司，被百大排行集團合資購併，一時難以判斷，是否能稱爲此等物種的幸福結局？

畢竟是資本體制必然發展，合縱連橫，商業競爭常態。美好離別：年資換算遣散費，一年一個月，再加上一張新公司的職務推薦函。曾經渴求每日睜開雙眼不僅只爲一份薪俸；夢想變相成眞，與時代潮流齊撲而來，轉瞬湧漲至胸口。

與老克臘相同，同列首批協退名單；公司收尾移轉僅需行政單位，企劃或商品採購已無用武之地。得知消息後數日，新公司舉行移轉說明會，外租教育訓練場地，大廳講台上，高掛新公司說明會絨紅布條，後方偌大布幕，精美投影片接連播放：福利與升遷制度、天堂與極樂西方，新公司人事主管滿腔滿腹傳教熱情，試圖拯救台下成片失焦眼神。

那是個與老克臘並肩坐在失業人群中的漫長下午，閒聊遣散費數十萬元將如何使用。買車？買房？投資基金？創業？唸在兩人口中，異國語言般陌生而繞口，彷若不解字間辭義。此刻關注的，只有舊工作善終之後的大段空白，對於眼前未來職場嶄新契機，如此興趣缺缺。老克臘計畫遠行，囈語般唸了幾個遙遠地名。靜靜地聽，未有對答。職場生活喊停，身上有點小錢，該爲人生找些什麼意義？

旅行能夠到達多遙遠的地方？在老克臘跑馬燈似的地名語句裡來回輪轉時，突然想起，那紫色光點，以及其間構築的，白亮世界……

台上主管視線若如鷹隼鋒利，必定發現台下某些渙散目光，已開始混沌兜轉無可告人的不成材願望。原該被競爭淘汰的消極靈魂們，因爲外來職場天災，幸運獲得無盡勞動生命的喘息空白時刻。幸運，或者不幸，難以定論。

跑馬燈結束，老克臘停止話語，默默凝視講台激昂傳道者。生活軌道轉折時刻，彷彿只適合沉默，與茫茫未來凝視對望……

*

那是老克臘出國前一天。

只因獨居屋房裡，已再無藥物供嗜毒者服用；多方通訊詢問，一時均未能尋得任何藥品貨源。不得已，離開舊公司後首次電話連絡，恰是老克臘遠行前最後一日。

不願涉入過多，彼此默契，無意與對方告別送行。但老克臘得處理未打算帶出海關多餘毒物（期待國外更新鮮刺激？），此端嗜毒者則有難以啓齒相對需求。似乎無其他選擇，老克臘建議：不如老同事開車相陪送至機場，順便拿取將遠行者饋贈的一小袋毒物，之後再幫忙開老克臘破車回原地停放，鑰匙丟進老克臘父母住所信箱即算完工。老克臘最後補充：算是幫忙，畢竟不希望給親友送行，怕哭哭啼啼，怕情緒負擔。多餘話語，越描越黑。

那是離開工作崗位後，首次與老克臘會面。

來送行者，臉龐如此瘦削，老克臘只需一眼即完全明白：面前嗜毒者，近兩週不需早起上班時日，是如何荒唐度過。所以老克臘目光刻意迴避，彷彿害怕望見不過某一念頭做出不同決定的自己，拖一大箱行李直直走在前頭。該是身體空洞太久，跟在旅人裝扮的老克臘背影後，頓時感覺體內哽些什麼，吐不出口，也吞不了腹，頗爲難受。

往機場的路仍由老克臘駕駛，高速公路車流中安穩行進。老克臘在車上給予藥物。攤在手心觀看，夾鏈袋裡幾顆各色各款E丸，少量K粉。突然心頭一緊，裡頭另有一只塑膠小袋，袋上一雙魅惑貓眼與成排細小日文字體，是兩顆紅白相間的黑貓膠囊。好似命運捉弄，再一次強迫中獎。

老克臘曾見嗜毒者目光與黑貓對上，臉上神情看來如此複雜。老克臘閒聊般打破沉默問：還記得某次大麻聚會說的第一次食用經驗？那些大格局的，回到靈魂熔爐見證人類物種興亡的夢幻經歷？

怎會遺忘？晶亮紫花，如藤蔓線條向外彎曲延展，雖然最終仍得以錯覺經驗在腦海中歸類建檔。後悔過往時刻不該輕易坦言陳述，自己先招認：當時眞是嗑藥嗑過頭，感覺很蠢吧？轉頭回望，老克臘尷尬地笑了笑，微微點頭。

以爲僅止過往糗事被當一則笑話提起，搓揉鼻頭強裝鎭定。老克臘安慰人似的，接續閒聊地說：雖然覺得誇張，但姑且不論眞實與否，畢竟有人曾經感受，是否即能代表存在？

想像無法憑空而來，終得依附現實，以及受刺激者的對宇宙世界所能想像的極限境地。在老克臘的形容中，曾經越界者的浮誇幻境，原是腦海深處某一隱密而美好風景；見證者能自遠方歸來，帶回關於未知領域的繁複風景圖象，或許即應該感覺榮耀？畢竟只有美好容器，才能將生命裝載成美好形狀。

連續墮落至此，身體所能清楚知覺，僅有乾渴、汗濕等不適感受。此時聽見人類物種睡前晚安故事，如此安穩祥和，令人睡眠疲憊。頭靠車窗，高速公路風景方格中快轉飛逝；沒有什麼特別想法，只當心地良善者離別之前的安慰話語。實證科學世界，幻覺能有什麼地位？

老克臘繼續說著：有些事或許天生無法解釋，就像那次在大麻煙繚繞的昏黃小室，巫者不可思議的幻夢經驗被陳述時，當時心底竟如此肯定，必然曾在夢中見過這幅景象。

那一刻？夢境重現，且試圖與宿命抗衡那刻？老克臘在遙遠夢中曾經見證？

老克臘形容：夢境清楚重現，見到嗜毒者雙眼炙紅，熱切描述靈體遠行莫名話語。突然，時空解碼者暫停話語。時間凝止，隨之拉長感受以最小計時單位反覆驗證夢境所見：煙霧兜轉線條、電子民謠樂音橋段、解密者想起什麼似的頓悟神情（那便是當時老克臘表情看來或質疑或驚恐原因？）。夢境裡，解密者該在一陣沉默後，恍然驚嘆：「這場景曾經在夢中出現過！」但時空解密者，在突然空白不語的停頓之後，僅只顧左右而言地說：「至少比上一次 5-meo 有趣！」竟與夢境所見結果完全不同。當時血液裡流動著大麻藥效的眾人一齊發出笑聲，老克臘不自主地跟著反應，在如此情境，配合地說：「那是使用方式問題。」

老克臘笑了笑：所以，有些事或許天生無法解釋。

駕駛座旁的瘦削臉龐，疲累面容上疊增更多難解困惑，表情若有所思，久久不能言語。老克臘見反應異常，笑著問：怎麼？聽起來也覺得很蠢吧？搖頭，想否認，卻不知該怎麼應答，於是又回到沉默。老克臘只當分享一則壓在心底已久的糗事經驗，不過趣聞軼事，不傷大雅，陳述後依然面帶笑容，雙手慵懶地放置方向盤上，靜靜凝望前方高速公路上同方向行進車輛。

已有證據，是否足以驗明推論？是否已能否定宿命？

時空漫漫，各自發展。兩段遠行記憶短暫交會，如鏡面迷宮，兩束各自軌道反射光影，某一瞬間擦槍走火，私密而深入地進入對方生命，嘆口氣般留下無礙前行的細微改變，而後繼續各自方向，目標未明地反射前進……

*

是處入口極其隱蔽洞穴。

有個矮小人影，踩過滿地交疊蟑螂，至洞穴底處停下。黑暗中抬起面容，壁面上密密麻麻刻繪各式圖騰文字，且如洪流湧動，往任何得已延續方向擴散行進。緩緩伸手，沿洪流曲線撫摸岩牆壁面。億萬分之一機率，靠近地底極窄極小平面，矮小人影摸到似曾相識符號圖形。

異族語言，迷幻扭曲，與一旁義無反顧奔湧洪流相比，宛若窄小巷弄地底水溝，污臭無可救藥。

矮小人影推想，那必然是個幻覺無法在理性圖騰倖存的時代，科學是理解世界唯一方式。

理性之外，都是幻覺；關於幻覺的任何書寫，都是無稽之談，不宜留下發語人稱。如此經驗，雕刻在宏偉歷史的擁擠壁畫中，僅能是一段難以告人祕密插曲。

矮小人影心底有種莫名感受，但說不上來是什麼。左右徘徊，而後與成萬上億經過者相同，選擇離去。

分不清歷史或未來的夢境。

曾經見證者，因再無法掩抑的疑惑感觸，返回岩壁前，彎身拾揀尖角石塊，在蔓延壁畫的窄小空白處，一筆一劃，刻下所親眼見證的。額間汗水滴落，終於棄石完工。後退幾步觀看，光陰朦朧，文字圖騰開始扭動，拔營啓程，往所能溢散方向，無盡擴展……

午　茶　時　光

天色已暗，灑進房間裡的午後陽光，退潮般漸漸淡去。

拿起手機撥通電話，答錄僵硬女音字字方正唸你公司名稱：請直撥分機號碼或按9由總機爲您服務。高樓落地窗外，城市燈火紛紛湧現；黯然的玻璃鏡面，倒映房內佈置如照片顯像漸漸清晰，米色系空間設計寬闊，如剛出爐麵包蓬鬆的純白大床位居正中，一旁粉色雙人沙發，前方正對黑亮寬銀幕液晶電視，房內散置好幾盞床頭罩燈與細長燈籠立燈，散發暖黃柔光。你凝視倒影中自己只穿條合身三角底褲的高壯身軀，略顯肥胖，微凸小腹已無法完全縮進肚子。

接聽電話的是你課員，你考績評她最高、平常最晚下班那位八字眉苦旦。確認今天沒什麼特殊狀況後，你說自己事情提早辦完，等一下會回到公司。對方沒回應什麼，只以委婉口吻報告：老總有個聚會，已經先離開了。你嗯一聲，說沒關係，只是想回去多少處理點事情，免得下週一忙不過來。

沒什麼太急的事，你只是想回到公司。且你臆想，若能用公司電話撥給同樣常常晚下班的妻，那麼這日佯裝去上班的行程，似乎就能有個心安證明。畢竟你不請假的，一年十四天特休都送給公司，換個全勤印象分數；結果眞正請個假，用任何理由說明都覺得牽強。所幸老總沒多問，但這同時也讓你難過一陣；彷彿始終在意的，對他卻毫不重要。

彷彿一種必然應對，這年紀，和眼睛還能炯炯發光的年輕人一起，哪經得住每季每半年清算業績。這間頗具名聲的企業裡，新冒出頭想往上爬的不計其數，自己卡個不大不小課長職，也得要有穩住飯碗能力。你明白，贏過那些青春面孔的是沉穩與經驗，而沉穩不過是指挨罵後的復原能力，以及不隨意提及放棄離職而已。你望向鏡中自己，額頭幾條深深刻紋，貌似中年，而實際年歲不過三十五。

便是如此模樣，男孩才會一見面就叫你老爹吧！

＊

與你相比，男孩眞正年輕，像株粉嫩新芽。你第一次在電腦螢幕上見到他照片時，確實感覺心底某塊肉軟了下來。

那是某個週六，你部門加班趕前一天就該結束的年度大案，連老總都親臨坐鎭，在你正後方他平常座位上像尊睜大圓眼的凶惡羅剎。中飯沒吃，進度出乎意料地提前完成。老總大概撐不住餓，完工前即提前離去。你底下眾人慶功意味相約晶華飯店吃下午茶，你說妻在家等你，不一起過去了。當然你只是不想請客。

活絡喧鬧隨七年級生離去。偌大辦公室，剩下你獨自一人，與你頭上一排未關熄的日光燈。下午三點整，辦公室響起樂聲，漸進式音量由小而大，開始撥放節奏輕快國語流行歌曲；廣播器音質慘淡，音頻如重力機械壓過般平整。今天放的是蔡依林的快節奏舞曲，你知道那些七年級生常上健身房，在有氧課程用這類歌曲練跳舞，去年尾牙曾見過他們表演。

老總的點子，你是執行者，目的是鬆緩辦公室僵硬氣氛，讓每個人上班中段都能有十五分鐘悠閒的午茶時光。你聯動資訊單位設定自動播放系統，請公司裡年輕美眉將想播放的歌放在公用槽內；每個人都有ＭＰ３，音樂電子檔俯拾即是。週六午後空蕩辦公室，沒有平常襯衫套裝穿梭來回，沒有手持保溫杯從茶水間端出新款花茶或濃郁拿鐵人影，沒有你那些課員，如童年上福利社般，歡快相約樓下便利商店，買個甜食，翻個雜誌。

你點兩下網頁開啓，連結聊天室，界面頂端，閃爍一具肌肉過於發達的西洋男體及電話號碼。北區已滿二百五十人，你暫居東區聊天室裡，排一會兒才輪你進場。匿稱中謊報自己三十二，儘管如此在右排黃底黑字名單上，仍無疑是恐龍身分。男孩卻主動與你對談。你問，有照片嗎？大多都回答互換你請先，但男孩二話不說，將自己部落格網頁貼上，彷彿早在等候每人提問。

男孩網路相本有十來個資料夾，在九份，在宜蘭童玩節，在墾丁海洋音樂祭在張惠妹演唱會現場，有一本是男孩試穿新添購的衣裝，標題叫「穿水水，生後生」。你點選他在馬拉灣的紀念留影，日頭飽滿，天空蔚藍，照片裡他笑得如此燦爛，右臉酒窩鑲了顆甜美櫻桃，身穿一件低腰黑色三角泳褲，露出肩寬腰窄健美身材，在一群同樣泳裝打扮朋友中，發光發亮。

你接連將每本相簿看過，仿若一次環島旅遊。聊天室裡，男孩終於還是問你有無相片。答沒有通常等於人貌奇醜，於是你答，有，ＭＳＮ先聊。男孩回你「呵呵」兩字，給你帳號。ＭＳＮ對話窗格，你見到男孩使用照片是在太平山上，穿雪衣昂起下巴，兩手插在褲袋；而你圖象，不過是顆青綠草地上的黑白足球。你們沒聊幾句，男孩再次確認你身高體重年齡，便隨即答應你的邀約；如此爽快，你幾乎以爲對方是盜用照片者。

*

男孩隻身在台北讀大學，與幾名同校外宿生共租一層有陰暗樓梯間的公寓。應門時男孩只圍條白色浴巾，赤裸上身，剛洗完澡模樣，揚起純白笑容說：今天都沒人在，直接進來吧！

屋房客廳，幾座皮開肉綻的殘破沙發，同樣面朝一台老舊電視；滿地空瓶空罐，在拼圖地毯上或倒或站。破落景物綿延到男孩房裡，衣架筋骨裸露，牆角壁紙霉斑攀爬，書本雜誌地上隨意堆放。身穿襯衫打著領結的你，在這空間裡顯來突兀。你目光回到男孩時，他已上下打量你許久。男孩說：嘿！老爹，你還眞是上班族模樣呢！

起初你極在意男孩叫你老爹。當男孩出房門拿冷飲時，你立即到他牆面鏡前，以審視眼光重新看看自己。你挑剔自己額上紋路與鬢邊少許白髮，那時你已後悔赴約，想儘快離開男孩住所。

鏡旁牆面，男孩以紙膠黏貼許多明信片大小圖卡，或雜誌撕下內頁，拼貼成片。圖面上各式符號代碼與纖瘦俊美男女軀體交纏。BVLGARI、GUCCI、Dior、D&G、Burberry、LV、Giorgio Armani……均是頂級名牌，猶如組成一面精品百貨專櫃位置平面示意圖。其間還有幾張同志派對DM，銀亮質感燙上聖誕火紅字樣，或型男剛毅線條臉龐右眉繪上彩虹色調。

各式圖樣飽滿豐富，在晦暗屋房內尤其光鮮，有如灰黑天空中一片彩色雲朵。

男孩帶著沁出水珠冰飲與火熱身軀向你貼近；你震了一下，想離開的話又退回肚腹。男孩臉上總是掛著笑容，說老爹幹嘛那麼緊張，不會沒做過吧？你目光迴避，回答有，只是不常。

你低落眼神，瞥見男孩浴巾下已略有反應，微微突起。

*

與男孩見面，是一次未完成的約會。

你的確不常與網友約見。網路對你來說太麻煩，怕遇見熟人（你的客戶？同事？），也擔心瀏覽紀錄被發現。另外網路上打嘴炮的說謊者多，有時約見面發現被騙，也拿對方沒輒。你較習慣形式是三溫暖，花幾百塊進場，確定對方順眼才上。只是性愛轟趴盛行後，場子裡年輕男體少了許多，感覺淫慾氣味變得低落，反倒像中老軀體彼此撫慰心靈的溫馨場所。

你的經歷不算豐富，但每一筆都在記憶庫某個儲藏室裡久久囤放。當你臥室燈火熄滅，雙人床鋪上妻的身軀像條水蛇朝你攀附，這些記憶便會如同影片膠卷，發出嗤嗤聲響奔跑播放，投影在你深深闔閉的黑暗眼皮之中。

你不是愛玩的人，也沒有性別認同問題。你只有在慾望滿溢情況下，才是同志。你很滿意自己這般身分。

也不過幾年前，最多十幾年恰好你青春期時候，性別議題正是熱門。從瑪丹娜性別跨界，孽子荒人身分認同，一直到酷兒論述，甚至出現大量同志電影、同志書籍、同志活動，宛如春日繁花。你不是個作風大膽的人，行事猶疑。斷斷續續關注一陣，中間經歷一場你相親得來的婚姻。不過幾年，同性戀早是陳舊的老題材，已經沒有新類型同志故事了！彷彿只是一個時代議題，而那個時代已經過去，現下只屬於台北市中心一群擁有黝黑膚色與精壯身軀的少數民族，即位處捷運善導寺站以東至市政府站止，以及同志大遊行所行走之那段繁華道路。

又或者，看見新聞以極小篇幅，播報販售同志圖文書籍的晶晶書庫，遭惡鄰砸石頭恐嚇視爲街釘，且厄運不斷被地方法院依妨礙風化罪名起訴成立。你記得那時接到大學時期同學電話，你們曾在潮濕的社團底部彼此撫摸下體，後來對方投身同志運動，在某間小報任職，發表激烈言論。你說：錢會捐，但已經選擇結婚，而且每天都得上班上很晚，到街頭可能有點困難。對方只是嗯了一聲，給你帳號之後掛斷電話。後來你也忘了匯款，在上班過程中要特別記起跑郵局一趟，是件極困難的事。

每當想起周遭這些曾經發生的，你都會感到非常非常慶幸，並沒有將自己身分，定義爲一名同志。

*

男孩模樣，讓你心頭什麼軟了下來。

當然與愛情無關，你不是感情主義信奉者；任何打翻慾望時發生的一切，都應該在回到正常生活軌道後，斷然中止。

但辦公期間某些空檔，你的確反覆想著男孩身影；甚至開會時，想起那日男孩白毛巾掉落地面的稚嫩表情，忍不住在會議桌下，昂然而起。幾個夜晚，你堅持加班留到最後，只爲能打開電子信箱，點閱你寄給自己的男孩網頁網址。你用滑鼠游標，在男孩光滑身軀上，緩緩遊走；肩頭，臂膀，腰腹，沿著黑泳褲邊緣移行時，心跳頓時快跑起來。

於是你打破自己規則。原本你所保留MSN名單，只爲避免遇上相同對象而不自知。你搜尋名單裡男孩身影，正在線上，你將他紅色封鎖限制撤下，兩人間立即產生連結。

男孩見你上線並未主動招呼，你打開與男孩的對話窗格，仍是那張昂起下巴的雪衣照。你不想被發現特地爲男孩上線，刻意等幾分鐘，才對他丟了一個笑臉符號；男孩沒有立即回應，也是幾分鐘後才回丟一個同樣笑臉，笑意看來有些勉強。那次你早早下線，沒多說什麼，將名單上男孩像處理醃漬品般再次塵封入甕。隔沒幾天，你又將男孩解除封鎖；這次你連笑臉都來不及丟，男孩就已下線，暗灰色離線的拒絕模樣。

一股當時的挫敗感，油然而起。

你與男孩見面那天，他爲你解開衣物，跪你面前，將你褲襠拉鍊拉下。男孩又笑起燦爛模樣：老爹四角內褲眞大，眞可愛。閱覽過房內精品百貨平面圖的你，不確定男孩是褒是貶，只聽見自己以囁嚅口吻說謊：我平常不是穿這個。男孩以臉龐來回摩擦著你的內褲，說他喜歡，喜歡老爹這個模樣。

男孩將你脫個精光時，夕陽已將房裡照得黃亮。男孩退遠距離，想完整看你；你卻向前貼近，將他壓伏在單人床墊上。男孩細長結實手臂向床緣探摸，情愛間早已備妥。你將黏稠滑劑附上，體貼地以手指先行試探，而後身軀挺進。男孩空抬雙腿，一切就緒，你卻始終無法進入。

男孩放棄呻吟模樣，床鋪上坐起。老爹，還OK吧？你笑了笑，聳肩，打算起身離開。男孩卻撒嬌貼近，說：老爹一定是太辛苦了，週末加班還趕過來。男孩吻上你臉頰，往耳邊呵氣，像一隻實體的手搔在耳邊。男孩說，老爹，要不然我上你好嗎？你拒絕男孩，卻讓他在你身上磨蹭，直到男孩滿溢而出。男孩說，哀呀老爹，你沒高潮下次我都不敢約你了啦！一臉天眞模樣。

你不再封鎖男孩，成天掛在線上等候。幾天後你遇見男孩，頭句就問，是否想再約一次。過一會兒，男孩丟了個疑惑表情，說他室友最近都在家苦讀很少出門，可能不太方便。你不清楚是否眞話，只說你可以準備飯店，沒有問題。男孩這回丟個驚訝表情：飯店？很高級耶！什麼時候？後來男孩說自己晚上和週末都開始打工，只有週一到週五白天比較方便，詢問你次週五下午是否OK？

不需翻行事曆也明白當天不行，週一至五白天都是你上班時候，動搖不得。然而讓男孩失望前，你見到MSN對話框裡的自己表示沒有問題，彷佛你沒有第二條路可走的必然選擇。你告訴自己，你並不是想與男孩後續保持關係，只是單純想完成第一次會面。

＊

其後你開始準備，上網瀏覽訂房資訊，莫名地在豪華五星飯店畫面上逗留，最後選擇一間有雙人按摩浴缸並能臨高觀看城市街景的升等套房。約會前幾晚，你儲存能量般回絕一次妻的索求，說自己因爲公司一個重要會議有點緊張，這幾日沒有心情，不太適合。

約會來到前，你仍不知如何向妻子解釋請假的事，最後選擇不說，一如往常起床刷牙，換上襯衫領帶夾公事包出門，往妻上班不會經過的方向移動。

你在繁華街道上的麥當勞二樓坐了近兩小時，店內報紙大致瀏覽一遍，發現鄰座有人排隊與你輪流看報紙。你上廁所經過時，望見對方身軀前傾幾乎將臉貼在求職欄上，一邊拿筆在小本子上做著記錄；對方意識到你的目光，抬起頭看，對你笑了一笑。你這才發現自己模樣，就像個愛面子的、穿戴整齊的失業人口。

等候過程中，你多次拿起手機察看，好奇怪，公司居然沒有任何電話過來，你平常手邊總有做不完的事，怎麼一時都能得以解決？突然有些恍惚，自己上班生活都在忙些什麼？

中飯時間，你在五星飯店旁的百貨公司小吃街以一客咖哩飯打發，時間還夠，便在幾間服飾專櫃閒晃。各個精品名牌身邊經過，你停駐在專賣內衣褲的 Calvin Klein 專櫃前；認識這品牌，卻從未將它商品拿起觀看。架上方型紙盒成排成列，盒上印有雕像般男女完美身體，穿著性感、動作自然；盒側邊貼有價格標籤，你感到驚訝，單價幾近你身上所穿十倍。考慮許久，最後你買件腰頭一圈鮮紅品牌 logo 的白色三角底褲；紙盒上模特兒一身古銅膚色，頂著光頭、眼神鋒利，一片金黃色粗獷鬍渣。

＊

時間已近，你進入五星飯店，check-in 後攀上高樓層房內，穿過玄關，審視豪華裝潢設備。廳室採光極佳，盡頭成片落地窗，兩邊米色窗簾半闔，外頭午後白亮陽光在簾間閃耀跳動。你折回頭，往玄關旁廁所探頭望去，確認雙人按摩浴缸與網路上照片是否相符。

掏出手機，你傳簡訊給男孩哪條路哪家飯店，幾號房直接上來。男孩立即回訊：這麼高級老爹眞有你的，報告還要一下，去之前給你電話。確認了男孩將來到你精心準備的房間時，心底卻莫名有股相反情緒，希望男孩只是說說，不要眞的到來。

你走近房間茶枱，拿只瓷白咖啡杯，垂入飯店贈品茉莉茶包，熱水沖泡。像摸取魔術道具般，你從公事包拿出名牌內褲紙盒與一只藥房小塑膠袋，放置茶枱。你一件一件脫去上班裝扮，整齊吊掛房裡衣櫥內，接著拆開紙盒，換上新底褲。站在鏡前，耀眼光線映照身軀，膚色如此白皙，軟肉如此鬆垮；唯一精神抖擻的，是剛穿上的貼身名牌內褲。

汗膩膚觸在空調冷風下化爲清爽，只穿條三角內褲的你，開始遊走房間角落。你用赤裸肌膚感觸每樣設備：近窗沙發絨毛布質，被陽光暖洋洋地烘照，像剛修剪過的草皮土地；床單被褥質感細如絹絲，柔軟冰涼，窩在裡頭像把身體浸泡河水之中；衣櫥內壁，透明保護漆油滑光亮；廁所馬桶座蓋有些乾澀，似乎被清潔液過度擦拭……

最後你回到茶枱前，從小藥袋裡倒出一顆水藍寶石般稜角藥丸在手心裡，另一手拿起那杯溫度已適口的茉莉，湊近飲了一口，順著茶香，將藥丸仰頭吞下。

服藥後的你，走向床鋪，躺在中央。你眼神望著乾淨無瑕的天花板，心底突然覺得平靜起來。

你開始想起一些與男孩或約會無關的問句。例如，自己究竟擁有什麼？或者需要什麼？你條列式地自問自答：你擁有這款年紀所應擁有的，你車貸快結束了，房子也已付頭期款，你有一份公司前景甚佳的工作，你能負起所有責任，你選擇你要的態度，你滿意目前所擁有的生活模式。你眞心覺得，自己很好，沒有什麼需要被同情。

你還想起，你從未在公司午茶時間裡，眞正站起身，泡上一杯茶或咖啡，或者，吃上一塊甜點。你習慣在工作狀態下，度過這猶如被粗框筆圈起標註的十五分鐘。你的課員總在這時自由離座行走，像學生時代下課時間那般興奮。你身後更有山高，老總座位正面朝你，如汗濕感覺，緊貼你背。你們兩人總在音樂聲裡，一前一後互相陪伴，凝止成套桌椅之中。你總在那段時光裡，感覺自己肢體如此僵硬而不自然：腳底板痙攣模樣外側貼地，手肘敲鍵盤時在半空浮得過高，左右肩膀，如兩座突兀聳起的丘陵山峰。

你突然很好奇，身後老總，是以什麼樣的目光，在觀看你那因午茶時光而特別緊繃的男性身軀？如此想法，彷彿一陣暖流匯集血液之中，流遍四肢末端；你感覺雙頰紅熱，心跳聲漸漸響亮。體內藥物似乎發效，平躺的你，抬頭向下體望去，新內褲已不再合身。你感覺一陣昏沉。

平日時光行走速度，此時顯來格外緩慢。沒有電話鈴響起，彷彿時空斷裂，你進入一個只有自己的潔淨世界。外頭陽光猛烈，一步一步爬行，緩緩探上你皙白身軀。你抬起戴手錶的左手臂，將目光落在錶面之上，時間已近三點；公司裡，應該正是悠閒的午茶時光。

那一刻，你覺得自己耳邊似乎有樂聲作響，由小至大，漸進式地慢慢揚起……

輯二

回　憶　工　程

人面對回憶有許多方式，我的是最不詩情畫意那種。

嚴格說起來，每一次當我意識到自己站在回憶面前，感覺都像是投入某件巨大工程，親身實地挑磚搬瓦。不是誇大，回憶對我而言具有重量，每次回憶後，我的雙腿總是痠痛難耐，雙手連舉起筷子吃飯都會發抖。

看外表也知道，我並不是電視劇裡，得絕症躺在病床整天閒閒沒事凝望窗外追憶過往的那種蒼白少女。每天日頭昇起，我都是很扎實地過活。過往經歷的，不管學業、感情、工作、家庭，我都是很自然地在考試、談戀愛、賺錢，再把錢花到家裡這些事頭上打轉。偶爾疲乏倦怠，什麼都不想做，卻也忙著打發時間，可能交一個問題男友拿流眼淚當休閒，或者迷上一齣沒完沒了的連續劇。不管爲什麼而忙，過往年歲裡，我都是保持勞動生產狀態，踩著與時鐘鐘面上指針一樣步伐，齊往無盡前方踏去。我相信時光不會爲任何人暫停，再如何沉溺過往，甚至徘徊於各式夢境，耳邊滴答聲響也不曾止息。這點我像我的父親。

但是我並非對過往不感留戀，相反的，每一項過往回憶對我而言，都是珍寶。只是自以爲停下腳步冥想就能回到舊日時光的回憶方式，對我而言太過虛幻，不切實際；回憶必定要能捧在手心、擺放身邊的才算（雖然有沒有想它是一回事，是否實際存在是另一回事），彷彿只要這些物品存在，過往時日就不可能消逝。所有回憶都是當下，所有回憶都是未來。或許正因如此，我的回憶要比別人沉重許多。這點我像我的母親。

但現在，哀！

不，我要講的不是「回憶是對歷史重組進而建構」云云，沒那麼複雜。我只是想說，像我這樣一個並非如此詩情畫意的女性，面對年華流逝，多次工程般浩大的回憶洗禮，也不得不在腰痠背痛之餘，被馴服般地輕聲嘆了口氣，發牢騷地說說關於回憶的二三事。

城市中快步穿梭，偶爾往街邊鏡面處瞄一眼自己倒影：蓬鬆長髮像糾結烏雲，面容被眼鏡遮蔽一片模糊；無所謂運動裝扮只是舊褲搭舊衣，手提藍色大環保袋露出一截青綠蔥頭。與美麗醜陋無關，那是我的生活狀態。我見到自己略為駝背側影，哀！對過往三十幾年回憶難以離棄的女性，怎能不因背負太多重量而彎曲身形？

一

第一次感受到回憶重量的年紀，我正接手姊穿不下的小學制服。母親將舊制服學號牌拆下更替；我初到學校上課時，就像一名被留過級的新生。那時父親正決定舉家自巷的這一頭搬遷到巷的另一頭。熟悉環境不變，只是我與姊都將擁有自己的房間。

距離不長，為了省錢父親沒有叫搬家公司，只準備一台大推車，車身極簡單一塊大鐵板，有著折疊拉把，底下四個輪子晃在柏油路上發出匡啷聲響。母親準備許多紙箱，臉上掛著欣喜神情，彷彿即將準備前往的不是隔壁巷，而是一片春意盎然的青翠草地（而我們也不是又瘦又黑像經歷饑荒的非洲小孩，是隨時保持美滿微笑的粉紅公主）。母親是帶頭隊長，招搖著旗幟要我們將自己的物品都收進她所準備的紙箱裡頭。

那是我第一次意識到，究竟自己擁有什麼。雖然以那時的年紀來說，我的人生還不算是眞正開始。

但當時的我其實並不太清楚什麼叫做擁有。例如，我的書桌。那該說是我的嗎？我面對自己那些「所擁有的」，能被反向確認絕對不會是父親母親或姊姊的，大概都是一些想來無用的廢物。像是動物園門票票根，揀來的破舊陶瓷娃娃（從姊姊房間揀來？）。最後仔細一想，那年紀似乎什麼都沒有，只是被我的家庭擁有著。所以我只是像被交付一個使命，把那些莫名物品裝載進紙箱內。拉開膠帶，將半開闔的箱蓋牢固封上十字。

自己沒啥東西，就跑到姊身邊看她整理了什麼。姊十分神祕，見我靠近便開始東遮西蓋，好像擁有很多不能見光的寶物。越是隱匿，在我眼中越是好奇。最後姊幾乎翻臉，暴躁著脾氣將我趕出我們共有的房間。（後來在運行過程中，姊精心封好的行李被個不大不小的石塊絆倒一地，寶物紛紛自紙箱跌出。那不過是一些紙娃娃或筆記本，上面有姊自己繪製的漫畫。爲此姊在巷道裡大哭起來，雖然多年後她矢口否認。）

母親就大方多了，讓我留在身邊陪著看每一回憶。母親留存的物品多而繁雜，大至壞棄家電用品，小至我和姊幼時嬰兒用品。母親在年幼的我眼中，一直是位美麗婦人，氣質典雅落落大方，身影永遠環繞一圈柔光。這樣的母親，在一座雜亂物品小山旁，縱使笑容再甜美動人，不協調感覺仍令人錯亂。母親雙手白皙輕巧，魔術般從狹隘空間變出越來越多物品；物品紛紛環繞，我和母親被一個漸小的圓包圍，感覺如此親密。溫馨感觸使當時的我頓時忘記，眼前所見的每一樣，都是得我們親手搬動，從這棟公寓四樓，爬上巷末那棟三樓。

父親在這項工程中，專門負責大型家具（或許是父親的體認中，那些大型用具都是屬於他的吧）。偶爾門前經過，瞥見窩在房間裡母親，總是搖頭：「哀，該扔的就丟一丟吧！」母親只當是陣風吹過，不為所動。

我問母親，什麼該丟，什麼又該留下。母親笑臉依舊，帶著欣喜愉悅回答我：「想忘記的，就把它丟掉；想記在回憶裡的，就要永遠留在身邊。」我那時並不知道這句話我會如此牢記在心。

母親收拾速度非常慢，每件物品都得端看許久，才肯收進箱裡。其中，母親最反覆把玩的是一對珍珠耳環。我還記得那對飾品精巧細緻，金邊襯耀，顯來高貴典雅。母親將它穿戴上，問我好不好看，我頭點個不停。年幼時我耳上還未穿洞，母親讓我將耳環拿到耳邊比對。我站在鏡前，珍珠光芒像天邊昇上的月，懸在我單薄無肉的耳垂上，頓時我以為自己變美麗了。

我問母親：「誰送的禮？」母親沒有回答，只是笑得很甜。「是爸爸嗎？」我追問，母親沒有看我，表情好像在努力收斂笑容；好一陣沉默，她才緩緩點頭。那時父親又經過門口，見到我和母親閒聊，探了顆幾乎光亮的頭顱進來：「快點！來不及搬就得在這邊多住一個月！」當然是指多付一個月房租的事。

母親說：「別跟你爸講，他不愛聽別人提起這件事。」我很難想像父親是這樣浪漫的人，所以雖然答應母親，仍是破口詢問。父親頭也沒回，說母親有妄想症，耳環明明是自己買的。父親和我說話時一刻也沒閒著，手中將一張折疊座椅用粗繩捆綁。時鐘聲響滴滴答答，父親很明白時間流逝不會回頭。這就是我一生忙忙碌碌的起源了，曾經我不只伴著鐘面指針團團旋轉，並且還像個跟屁蟲，緊隨父親尾巴行走。

關於我年幼時的問句，父親回答非常草率，只當母親是阿茲海默病患，又隨意說了什麼可笑的話。我不覺得母親可笑，她在撫摸那副珍珠耳環時有著認眞的溫柔神情。然而，左思右想，不明白母親爲何說謊，還是父親太過健忘，連自己買的結婚周年禮物都忘記什麼模樣？當時年紀太小，想不起父母親曾經恩愛光景；姊年歲比我大，應該知道比較多，於是我問了姊。

姊和我一樣，並不知道母親有對珍珠耳環。姊沒親眼見過，我便開始誇大形容，什麼色澤比天上滿月還光滑，金黃飾邊比太陽還亮，而且，妳沒見到母親那副沉醉的幸福模樣，好像有了那兩只耳環，其他都可以放棄似的。我這端滔滔講著，姊靜靜地聽，看不出她在想些什麼。

姊有種天生神祕兮兮的特質，任何事若繞過她那關，簡單的加減乘除也會變成難解的三角函數。多年後，某個我婚後一個完整的下午時光，我和姊對坐專門給想假扮貴婦喝下午茶的古典玫瑰園裡，聊起幼時對話。我問姊，對母親過去感情生活瞭解多少；姊喝了口茶，緩緩嘆著熱氣，彷彿她是位深諳命理的吉普賽女郎，神祕地說：「過去的已經過去，聊它幹什麼呢？」我不明白姊對那耳環究竟有著什麼情緒，只知道她必然比我多瞭解什麼，卻選擇不說。但我沒再追問，只嘲笑起她，可惜走上金融業到銀行上班，埋沒了對於戲劇的表演天分。

回到年幼時搬家情境，那個令我全身痠痛汗流浹背的回憶工程。母親所打包物品是我和姊和父親三人的好幾倍，攤在屋裡綿延一座小山；我們搬運過程就像愚公移山，精衛鳥填海，彷彿永無止境。那天午後，白晃晃日頭下，父親使勁地一趟又一趟拉著他借來的推車，母女三人輪流在後頭扶著，幫忙出點力。

沒多久我就癱軟在母親某件大紙箱上，頓時體會回憶重量。我樂於陪伴母親在音樂盒幻境中點算過往時物，卻無法承受背負它們行走。我一臉狼狽望向母親，她正拿起一瓶冰涼飲用，彷彿置身事外。

當我們像行軍隊伍連續來回數趟時，父親再按捺不住，對母親發起脾氣斥喝：「到底搬這些垃圾幹什麼！」踩著雲朵天上飛行的母親突然跌落人間，在平凡不過的巷道與鄰居前，落下珍珠般晶亮眼淚。

最後母親放棄一個蓋子打開頭殼就會與身體分離的熱水壺。說是新婚時帶過來的嫁妝之一，現在不想要了。

二

第二次工程般面對回憶，我已是手長腳長青春年紀。

那時一家四口難得出門遠行；短短兩天，回到家門一開，裡頭被當作調酒瓶劇烈搖晃過般，沒有一項物品停留原位，零亂散置。令人無比驚訝，小偷竟能如此精準觀察到此戶人家稀有的空門時期（我母親是個常年窩在屋房裡的家庭主婦），卻沒注意到：這裡實在沒有什麼值錢的能讓他偷走。

母親是我們之中反應最大的，皺著眉在舉步難行境地中，像個亂葬崗飄移遊魂。父親從廢墟中翻挖出電話，撥通號碼報警。

警察到之前，母親突然下起命令，要每個人將自己所有東西明列出來，並且一一清點少了什麼。母親喊不動爸爸，只能要我們姊妹倆照她說的規矩做。我和姊正被那般混亂畫面所驚嚇，關於母親指令，腦巾一片空白，想不起自己擁有什麼。母親在一旁開始淚眼汪汪。

父親沉穩許多，說不必把全部都列出來，只要看重要的有沒有遺失就好。姊像是什麼開關被打開，突然明白，艱難地跨著腳步，從滿地物品中撥出一條道路往自己房間前去，母親隨後也跟著往臥室前去。我仍留在原地，愣愣地想。隱約聽到面前戰後遺址雜物中，某一個被掩蔽的沒有停息的鐘，滴滴答答行走。

客廳裡只剩下我與父親。父親看了看眼前景象，對著我苦笑起來。父親問：「妳不去看看自己有什麼重要東西不見嗎？」我搖搖頭：「我不知道什麼東西是重要的。」父親「嗯」了聲，沒有再接話。一樣是多年後，我和姊在台北東區模仿都會時尚女性刷卡瞎拚，中場休息到麻布茶坊吃上一客豆製甜品。我說，曾經我在被竊賊光顧過的雜亂客廳裡，感覺與父親如此心靈相通；姊說自己旁觀者清，明明父親只是難過，難過家裡遭小偷，以及生了一個笨蛋女兒連什麼東西是重要的都不知道。我與姊的記憶顯然有著極大落差。

那晚，肥胖警察姍姍來遲，現場一看竟吹聲口哨讚嘆，轉過頭問：「你們有跟什麼人結怨嗎？」那時正是港片古惑仔系列最盛行時候，肥警顯然看太多，才會從我們一家良善老百姓身上聞到江湖氣味。接著肥警繞房兩圈，問些例行問句；所謂辦案，不過抄抄寫寫。最後謄在記錄上的，是父親一整套攝影器材不見著落。肥警臨走前，忍不住對著滿片荒野嘆了口氣：「哀！這個要收拾好恐怕也是個大工程吧！」

是的，大工程。

那次偷竊事件，使我又極其扎實地面對一次過往回憶。

除了一些很明顯具有紀念價值的，例如書信、畢業紀念冊，其他的說穿了還是雜物一堆，像是學號牌、音樂課不得不買的塑膠笛、到溪邊玩水揀回的鵝卵圓石、造型有趣卻斷水的筆、拉拉隊表演服、年紀輕輕不曉得哪一天才會穿到的風塵味極重的長筒皮靴（後來果然從沒穿過）……諸如此類。有些看了覺得好笑，有些腦海裡怎麼翻攪，也想不起來當初留存的原因。我找了個大紙箱（不可思議竟是好些年前搬家時母親所留下的，甚至懷疑就是我趴在上頭癱軟四肢的那只），打算將一些看來太莫名其妙的丟棄。

對於價值，總覺得難以判斷。我望著大紙箱裡物品，有種難以言喻心情。情緒太複雜，當時的我覺得還不能應付，心想再過些年歲應該可以，於是決議，暫時將所有物品留下。這一決定，箱內物品一一復活。我開始爲那批龐雜物品設置安放之處；我的房間，裡面擺滿我的物品。

當初搬家時，父親是否就已預料到，身體裡流著母親血液的我和姊，有天必然也會開始用各式繁雜物品來建構回憶，於是讓我和姊各自擁有一處空間？

至於母親，被小偷光顧再多次，也打敗不了她以各式有用無用雜物堆起來的私人王國。王國越見壯大，處在城堡頂端的母親看來越是遙遠。有次看到母親極爲專注地撫摸我年幼時玩具，甚至沒有注意到已經長爲成人的我每天在她面前晃來晃去；就像我始終留著母親在我年幼時給予的半截口紅，卻沒有注意她最近臉上氣色如何。母親捨不得每件回憶，想盡辦法擱在身邊。而什麼都能留下，除了離家的父親以外。

父親在我成年禮之前，就選擇了重新組織一個家庭；我的婚禮也沒有通知父親，彼此淡出對方生命。

我的婚禮僅有母系親友參加，母親忙碌奔走其間，她身上原本所散發的溫暖柔光已越見微弱，像一只逐漸失去電力的燈泡。我想起母親的珍珠耳環，在宴席間換第二套禮服時突然問起：「媽，妳的珍珠耳環呢？」母親緩緩地搖頭：「早就不見囉！家裡遭小偷那時就被偷走了……」表情極爲惋惜模樣。

三

父親離開家裡後，空間大上許多。

儘管如此，我不知道哪出毛病，居然相信嫁出去的女兒是潑出去的水，隨著婚姻到來，就該把自己所擁有的物品，全數搬離。那時我如母親一般有著捨不得就留下的待物態度也好些年，結果囤積在身邊的，像隻不受控制的怪獸自由成長；本來的乖順小狗，變成一般公寓難以馴服飼養的酷斯拉。我對著滿坑滿谷回憶，愁容滿面。

丈夫見到我的憂慮，笑著安慰我：「過去的就算了吧！當是放把火統統燒掉。我們可以重新開始。」我猜想，當時丈夫一定以爲自己說了什麼浪漫的話；我愣著，沒有回應，一時想不起來自己爲什麼覺得可以嫁給他。突然我明白了兩件事：第一，婚姻的本質必定與荒謬有關；第二，但若我選擇婚姻，就必須去面對這種荒謬。

我煩惱著如何將這堆小山與我一併出嫁，而還在戀愛長跑的姊，卻開始一點一滴將身邊留存物品丟棄。

姊談戀愛和她吃飯一樣，慢吞吞的（而我吃飯狼吞虎嚥，兩三下把飯扒光，跟後來糊里糊塗把自己嫁掉可能有關）。姊身邊交往六年男友跟她求過幾次婚，一再考慮，沒有回覆；最後男友等不下去離開一陣，好像也找不到更好對象，又回到姊的身邊。如果說我的婚姻是衝動行事的錯誤示範，那麼姊的狀況，就是過度深思熟慮的負面教材。年過三十的女性，有沒有結婚已不是一個私人問題，得背負一種共通的社會責任，只好把頭抬得更高或者垂得更低，才能迴避自己心虛眼光。迴避的極點是面對，最後姊不管男友想法，乾脆公開說自己永不結婚。

婚後幾次我與丈夫爭執，打電話向姊哭訴；我說我徬徨無措，不知如何是好。姊嘆口氣，曾經她是觀知星象的吉普賽女郎，安身於神祕未來叢林底處，然而面對我的婚姻問題，卻只能身困迷霧，說我眞是問道於盲。姊的回答帶著一絲自暴自棄，就像她漸漸將身邊物品隨著時光自然流散。

結婚前我還在和一堆雜物奮鬥時，姊對我說，有次她在上班地點附近超市，遇見已離家數年的父親，和一位大我和姊沒多少的女孩走在一起；女孩手臂和他相挽，像我們從未謀面的、特別被父親寵愛的小女兒。這點並不令我們感到意外，簡直不可思議的是，頂上無毛的父親，竟然有了一頭烏黑晶亮濃密的髮；若不是假髮，就是拜現代植髮科技所賜，總之都難以想像會是當初那個務實的、和滴答時針競爭賽跑的父親會去做的事。曾經那位只向前看的男子，也會緬懷自己年輕時光嗎？我說姊眞是好眼力，換作是我在路上遇到，肯定認不出來；而將父親認在眼底的姊，也並沒有過去打聲招呼。

我們沒有把見到父親的事和母親說，但若什麼事都沒做卻又感覺不對勁。想了想，我和姊決定，趁母親不注意時，將客廳裡父親以前最喜愛的老爺座椅，聯手搬到巷口大型垃圾堆放區，擱在一張被雨淋過正發臭的彈簧床旁。

父親所留下的畢竟少數，相較之下，我若想要搬動自己回憶，必得又是一件大工程。

在日漸滿溢的各式雜物前，我感覺自己與母親如此相像。在夫家，無法擁有太多空間可供擺放，然而每樣物品都不想割捨。例如破洞的游泳圈（某一年我們全家到海邊）；按鍵彈不上來的電話（曾經的熱戀專線）；樣式老舊的裙（第一次裝成熟去應徵工作）……許多許多。我花很多時間審視物品，眞正決定丟棄的少之又少，總在來來回回過程中選擇留下。

如此工程浩大，預訂婚期甚至一度拖延。

最後丈夫攤牌：「好吧！其實後院有個倉庫，妳如果不怕髒的話，就堆在那吧！」這句他所說過最具人性的話，可能是我們婚姻生活還能維持至今的關鍵。謝絕了母親幫忙，我自己準備紙箱，請了幾天假窩在角落，和一堆雜物混在一起。

物品眾多。本來我打算在每個外箱上標註時期：這箱是幾年到幾年的，那箱是都跟哪一件事有關。但仔細想想，畢竟是夫家，明目張膽地把全部過往人生一併搬進去，想來也眞是太不客氣了。後來我想了一個好方法，拿著粗頭黑筆，每個外箱上寫著只有我自己懂得的密碼。例如：A—11，H—6，或者TR—4。完全不帶情感。我另外花了許多時間，在一本小筆記簿上，爲這些代號一一給予名稱（啊那段在補習班的日子呀；啊那些不再聯繫的朋友）。

整理過程中，發現一大袋我和姊年幼時不常穿的衣物，我拿起比對，想起自己身體曾經那麼小就覺得有趣。其中有件姊的外套，窄腰設計帶點復古味，記得以前姊嫌這件母親買的衣物太過成熟，長年掛在衣櫥裡不穿。我試圖將外套穿上，果然太緊，我望著鏡中穿小孩衣的自己笑。外套右邊口袋微突，我伸手摸去，是母親的珍珠耳環，一時彷彿摸到年幼的姊心中種種情緒。根據母親對於物品留存的處理原則，想記得的留下，想遺忘的丟棄；我爲母親和姊做下決定，將耳環在耳上試戴了會兒（那時我已有耳洞），光芒色澤已大不如前，接著手中把玩，然後丟棄。

丈夫請了搬家公司，開始移動我沉重回憶。結婚當天，我身穿白色婚紗，坐在租來的黑頭車裡，在周邊火熱的放炮氣氛中，被當作最後一件貨物送到夫家。

四

姊形容我，妳這個人，吃飯乾脆結婚乾脆，沒想到連生孩子都那麼乾脆。婚後十個月，第一胎出生，這麼準的事，自己又驚訝又有點不好意思；其實我並非婚後才能發生性關係的信仰者，但如此事實卻讓我以爲自己是個明明很猴急又堅持衛道立場的假仙鬼。總之我還來不及當少奶奶，就得開始準備爲人母親；望向櫥窗裡自己騎摩托車停在紅綠燈口的倒影，彷彿天生是個婦人。

夫家後院的儲藏室果然髒亂，而我後來搬進去的各式紙箱，也從來沒拆開過。生活裡漸漸滿溢出來的，是細微繁瑣雜事，與小孩物品。

結婚前我曾經擔心，擔心自己一切都太像母親，身邊越來越多捨不得離棄的物品，最後甚至被困在其中。但我和母親畢竟不同，我無法在小孩面前優雅發光，總是埋頭去做；這點使我想起父親。心底又想著：會不會我的小男孩開始學步後，也會像當初的我一樣跟在父親後頭，我做什麼，他也做些什麼。

生產後我辭去工作，一方面照顧小孩，一方面幫忙公公照顧店裡。若計較點想，我會覺得自己好可憐喔！好像賣給丈夫；不過選擇婚姻，彷彿有些事本來就是荒謬的。我的生活從被雜物環繞，變成被雜事圍困，能夠使用的時間被裁切成零亂片斷，最終只適合拿來沙發上打個小盹。

勞動使人容易入眠，但我睡得不好；夜裡常作夢，夢見以前的家。

有時夢見父親背影，踏著穩健步伐一下一下走著，但不記得他是否有回過頭來看看我（因爲不確定有無頭髮模樣？）；也常夢見母親，與我和姊姊在某個類似山洞的暗穴裡說著悄悄話。有時夢見母親哭泣，用她青春時臉龐，我總在發現她身邊柔光逐漸淡去時，心底跟著難過起來。有一次母親在夢中哭得很誇張，簡直嚎啕大喊，眼淚像氾濫潮水洶湧。半夢半醒間，丈夫急急忙忙搖晃我的身體；我矇矓著眼，暗夜房裡，玻璃窗被一陣緊接一陣的雨水潑上，彷彿作夢期間，我們屋房已被移至海洋之上，正遇上猛烈暴風，將海浪拉抬至幾層樓高，再沉沉墜下，擊打我們窗戶之上。

「趕快起來，淹水了！」丈夫大喊。

我彈跳起身，在還未完全清醒狀態，害怕著太過眞實的噩夢。我本能地一把抱住身邊嚇哭的小孩，出房門，往樓下去。

我們住所是在公公店面的二、三樓，水已淹到膝頭，一片混濁黃水湧動。一張木製小茶几，浮在水面搖搖晃晃從門口飄了出去。我想起什麼，將孩子交給身旁丈夫，往門外大步大步跨去。

大雨滂沱，一踏出門全身立即濕透，大滴雨點打在臉上，眼皮無法好好睜開。如此豪雨，公公站在後院前，狼狽神情，濕透的白色衣衫黏貼在瘦骨嶙峋身軀上。

公公一聽到雨勢不對，連忙打開後院倉庫門，想搶救什麼，但雨太快太猛，倉庫裡早也進水，門一開，裡頭雜物紛紛散落水中；那些長年被漠視的，連同我一箱一箱曾經視爲珍寶的回憶，依照它們輕重順序，浮沉黃濁雨水浪潮。向更遠處望去，整條街如同滔滔江流，我的過往回憶在上頭流動翻滾，漸漸漂流遠去。

B—7（國中時期所有的週記與作文本啊）。

S—68（我們曾經一家四口到山林裡度假所揀的造型枯枝）。

DF—2（姊出社會第一次領薪水送我的藍色絨毛熊）……還有很多很多。

外箱僞裝如此之好，沒有絲毫流露我對它們的特殊情感；它們像是從某一間原物料工廠所生產，被誤以爲是能被數字統計損失的物品……

那當然是最辛苦的一次，關於回憶工程。

拾撿著那些泡過水的記憶殘骸，我滿身疲累；若那些物品已不是原先留存形狀，那麼，它還是我的回憶嗎？雨停了之後，天空灑下大把陽光，滿地水亮泥濘。沿路跋涉走去，每戶人家都在清理屋房前不請自來的厚重泥污。

丈夫將電話修通，我撥通電話回家。

「喂？」母親接的電話。

「喂，是我啦！」電話還是有些雜音，泡水的結果。

「喂？」姊的聲音也插了進來。家裡有兩隻電話分機。

「喂？喂？妳什麼時候出門的，我怎麼不知道？」母親以爲是姊打電話進來。

「喂，是我啦！」我又講了一遍。

「我沒有出門啊，是妹啦！」姊說。

「對啦！是我啦！」

「怎麼那麼小聲？喂？喂？」母親像個重聽患者提高音量。

「喂！喂！聽得到嗎？」我也跟著拉抬聲響，簡直用喊的。

「可以聽到了啦！拜託妳小聲一點！」姊也跟著大聲起來。

話筒那邊，母親細細笑出聲，姊也跟著笑了，我則是鼻頭一陣酸。

「妳那邊還好吧？電話都不通。」姊問，她們都在新聞裡看到我居住這區的淹水情形了。

「還好，人都沒事，但我公公店裡損失滿慘的。」

「對呀！電視畫面看起來眞的很誇張。」姊說。

「妳呢？有什麼東西被淹壞嗎？」母親問。

我感覺淚水在眼眶打轉：「當初從家裡搬來的那堆東西，不是被泡爛，就是都飄走了。」

話講完，話筒兩端三個人各自沉寂了會兒。

「哀！」姊說：「命運就是這麼回事，不要想太多。」姊不改她神祕主義本色，講話都得夾點玄機命理在其中。

「至少人沒有怎麼樣啊……」母親感嘆。

「對呀，至少你們一家子都沒事。」姊也跟著說。

「我們本來正要出門去妳那邊，等一下過去看看妳好不好？」母親說。

我「嗯」了一聲就把電話掛掉，不想讓她們聽見我漸濃鼻音。

我在屋房一角坐下，夫家其他人都在清理大水留下痕跡，確認什麼東西被泡壞，什麼還可以用。我覺得累，站都站不起來。我覺得，有好多事，需要好好地想一想。

突然覺得，我應該把這些事寫下來。

不，我想說的不是「回憶是對歷史重組進而建構」云云，沒那麼複雜。

只是像我這樣一個並非如此詩情畫意的女性，面對年華流逝、多次工程般浩大的回憶洗禮，也還是不得不在腰痠背痛之餘，被馴服般輕聲嘆了口氣，發牢騷地說說關於回憶的二三事。

　　那天下午，丈夫一反平常我伺候他們的角色扮演，一會兒遞水、一會兒送飯，簡直把我當客人招呼。因爲大水，整條巷弄處於停電狀態；天就要黑，灰暗從天空緩緩落下，罩在屋房上頭。丈夫翻找出手電筒，將開關撥上撥下測試，光線顯來有些微弱。附近交通大多癱瘓，母親和姊不知到哪一段了。面前，我的小男孩拿著他父親給他的玩具鏟子，將一些細微角落的泥沙挖起，站起身走到門旁，使勁地將泥沙往外豁去。

　　腦海裡，浮起許多畫面。那些畫面，都有著鮮明的光影，可能只是片斷，可能反覆做著一個動作，揚起一個相同微笑。可能是一個角度，一個表情。

　　天眞的要全暗了。丈夫將手電筒換上電池，頓時光亮許多。坐了好久，我站起身，朝我的小男孩走去。

黑　暗　風　景

那是妳最開始向無盡遠方探索的原點。

姊說：闔閉雙眼，不完全是深不可見的黑暗。只要夠專心，往最深最暗處持續凝望，妳將發現有些輪廓慢慢浮現。不要因爲一時急躁睜開眼，按捺著，專心注視，否則一切都會在妳見到光亮的瞬間逝去。堅持到最後的妳，必然能夠見到黑暗中隱約閃爍著的，屬於妳的未來美好風景。

於是，這樣的時間點，妳總是閉起雙眼。

眼皮闔上剎那，一切清晰明亮於狹縫中遠離。妳來到一片荒蕪境地，飄流時空座標之外。黑暗中彷彿有個巨大光環，像日蝕，但妳其實不確定那眞是一個圓（或只是一整片的光？）。妳略皺眉頭，稚幼且發育未完全的五官，在白皙面容下顯來蒼老。

迷濛黑暗中，妳總是沒見到姊所說的風景。沒有長髮男星背著一把吉他牽著國王企鵝等在食字路口；沒有現代豪門世家落地窗後古裝俠侶鬥劍飛過；沒有氣派百貨大廈聳立金黃沙灘泳裝人群熱鬧聚集。統統沒有。無論怎麼使力，只有黑暗與不確定的光影，以及妳眉間更深蹙紋。

感官因專注而敏銳，如通靈的貓，妳置身另一音域頻道，原本搔癢般聲響被無限擴大，彷彿貼在耳邊發生。越是壓抑，聽來越是清晰。那是妳的姊，極輕極微、極不由自主的悶悶呻吟。燥熱的天，沒有一絲涼風吹來，焚熱陽光滾燙地面。時間爬行，額上黏膩如世紀般漫長終於匯成一珠汗滴，自妳臉龐滑過。

今天妳和姊，橫渡三條路標已歪斜的街，再拐過兩個堆積陳腐傢俱的轉角來到這裡。巷弄窄狹嶇蜒，屋房各自疲軟頹傾，灰黑形影錯落堆疊。其間隙縫自成洞戶，以腸道馬路相通，妳們仿若其中蛔蟲，竟從未迷路。外出不是必然，最早也有人暗語相傳上門，但妳姊明白那會是多大風險。姊選擇往外，依不同聲音的指示出發前行，偷偷摸摸進入每一處迷宮甬道的陰暗角落。妳大多是看門狗角色，雖然過程中妳眼睛總是閉上。

妳無法像姊在黑暗中預見未來，但枯等後必能擁有短暫美好。外出結束後，不管身處南方暗穴或北邊危樓，妳們總會繞行至食衣範圍內僅此一家的便利商店，舉目所見唯一代表眞實的地方。

自動門叮咚一聲輕巧滑開，清新涼爽的冷空氣撲面而來。不同象限世界，生活周遭的殘敗破落至此打斷，化做整齊、明亮、光鮮。姊出門總要妳陪同，回程就在這買點什麼給妳做爲代價。可能是一支紅豆粉粿冰（紅豆吃在嘴裡妳卻不自主反覆想電腦也會挑選土豆這回事），或一根關東煮（偶像男星拿著熱騰騰的黑輪在冷天裡笑得燦爛），有時甚至一個御便當（全程恆溫配送，銀行紅利點數已經可以當飯吃了）。妳知道姊有許多錢，但她總是花很少。何況妳們回到家必須毫無脫軌痕跡，也只能買些能立即被囊括入腹的，至於想留存在身邊的，完全不必多想。

妳聽到姊壓抑的微弱聲響，那是什麼樣訊號？在黑暗中難以辨識。妳閉眼沉默，見妳的未來在黑暗中只是一片光影與霧茫。

有時姊也給自己買點什麼，兩人就站在店面騎樓下吃喝。姊說：我有天一定要離開這個鬼地方。姊在馬路邊對妳遙指每一個已打聽好的方向：客運站牌是在幾條街外有砂石車通行的塵霧道路上，每日只有三班還得碰運氣司機沒跳過這荒涼冷門幾乎無人搭乘的小站；上了車得再顛簸十二個停靠點才能見到火車站，站裡只有緩步如龜行的平快列車會停下。但那時的姊不會介意，已經等了那麼多年頭，不在乎再多花一天時間。妳聽姊講過太多次離開路線的規劃，每一次都眼神奕奕，仿若蘊含飽滿的光。

離開以後，就能見到閉眼黑暗中的美好風景吧！

姊說：這裡一切都是夢境假象，世界並非如此，至少在電視裡不是。這地方只有便利商店貼近眞實，聽說遠方沒走幾步就有一家，或者說，遠方如同一間腹地遼闊完整完好的便利商店。這裡是一群演員硬被推上舞台的難堪噩夢，姊眼神堅決地說：要醒來，只有離開。妳們還在成長，卻都先有了風霜歷練過的蒼老表情。一條衰頹老狗自妳們眼前走過，姊將一只暢飲後的空瓶順手擲去，老狗受擊哀叫，拖行跛腿逃逸。

妳們外出是人人都知道的祕密，除了妳們父親，他從未自酒精清醒。早在妳姊還將自己留守家門內時，妳父親就已拉開粗嗓，痛斥她是個賣弄身體的賤貨，然後將一身酒氣化做拳腳，紛紛落下；姊被摔跌在地，身軀蜷曲，像個子宮裡的嬰孩。後來，不知爲什麼，那些拳腳如暴雨轉向，改落在妳身上。姊的皮肉傷漸漸癒合淡化，但臉色表情卻一天比一天陰鬱。約莫那樣的時間點，姊開始往外頭跑，如幅射四散。

姊的穿著，總將白皙完好的臂膀、大小腿肚完整裸露，自單薄衣物延伸而出，如飽滿果實。妳和姊都有著母親瘦削臉骨輪廓，但姊的五官清秀細巧，不像妳的眉彷彿自父親臉上拓印而來，粗枝雜葉。那不是妳與父親之間的親膩信號，反而父親常罵沒有表情的妳，老擺張臭臉給他看。如此待遇，常使妳恍惚錯覺：可能姊才是他的親生女兒。

新傷舊痕在妳正發育的皮膚上層層交疊，均勻分布，猶如全身貼滿某種壁紙花色，與身體密不可分。父親有各種理由可對妳動粗，範圍之廣且寧願錯殺，最終等同不需理由。妳避免一切妳所能控制的誤差：在父親到家前準時出現、不在父親面前有任何吃零食痕跡、不貪睡、不貪玩，活像一塊木頭。嚴謹如此，妳也才勉強在各式極烈的揮打中，留存一條活命。後來當妳鼻尖稍有酒氣飄過時，全身就會反射動作般繃緊神經。

什麼事都會讓妳挨揍，尤其因爲電視。客廳那架二十四吋彩色電視機，是這間光線不足屋房裡，唯一擁有生命活力的物品。螢幕左上貼了個殘破「囍」字，妳母親少數留下的痕跡。妳父親喜愛邊喝酒邊看新聞，激動處拍桌斥喝，而後打個酒嗝，隱約微笑，彷若極爲享受。

酒與第四台，早已取代空氣成爲妳父親生活的必需品。妳們不喝酒，卻也對第四台無限迷戀。搖控器握在手裡，一個一個頻道畫面在指頭下來回翻轉，彷彿握把黃金鑰匙，通往遼闊眞實世界。妳們好多節目都喜愛，港片洋片影集卡通 Discovery 吳宗憲MTV康熙來了購物頻道甚至廣告，那裡才是這個島國的完整面貌：大家整齊一致關心塑身減重消脂去油、東南亞海灘渡假8888、少林武功好耶我要代替月亮懲罰你、本週牡羊座運勢打雷雙魚晴天、大胃王冠軍吃下三公斤麵條、馬麻都有講你還在用現金卡借錢嗎、小天王劈腿我才不會忘記你呢。妳們唯一不看的，和父親相反，是新聞頻道。妳們不想在社會新聞的晦暗畫面中，瞥見自己螢光幕上的疊合倒影。

最開始，父親只用一天可有多少小時看電視的方式管理妳們，後來父親說：女孩子家看電視遲早學壞，於是完全禁止。父親看電視，似乎只為暢所欲言地痛罵，罵社會上的殘渣敗類廢人，包括綁票搶匪、政客，包括怪力亂神、酒醉駕車，包括家庭暴力，包括亂倫性侵。父親很久以前斷章取義一句「永遠的反對黨」，其後食髓知味。那些血腥、暴力、殘忍畫面在螢光幕上閃動跳耀，父親對於自己醺醉倒影總能視而不見。

但若父親不在，妳們就能徜徉新聞畫面外寬廣頻道。幾次看得入迷，待父親回到家門才急忙關掉電視，忘了將頻道音量如同什麼也沒發生般調回原狀。若父親才剛打算開瓶暢飲，妳或許好運，逃過一劫；若父親踏入家門已是滿身酒味，一旦屁股坐穩，搖控器按鈕一壓，立即通電般暴跳如雷。一次他如棒球投手，回過身將搖控器狠狠砸在正要離開的妳的頭上，妳頭部受力，向前撲落直直跪下，解體的機械零件如花瓣點點散落身邊，一旁的姊連忙躲進房間。父親氣沖沖走來，一把揪住妳的髮昂然舉起，像操作無筋骨的懸絲木偶。妳感覺頭皮就要被撕扯成塊。父親舉起粗壯的腿，一下又一下規律而結實地往妳的下盤踢去，落在妳本是瘀青泛紫的肚腹、大腿、小腿，幾次妳禁不住痛終於尿濕一地，混著不知哪裡流出的血沾污地面。父親氣憤地說：我這麼辛苦工作養妳還要教妳，妳為什麼像個幹他媽的白癡就是永遠學不會？

妳的傷口，都是姊在清理。姊啜泣著，為妳擦拭血漬的手總是發抖。悶熱的小房間通鋪上只剩單盞昏黃燈燭，光線黯沉地鋪落妳們身上。妳沒有哭，也沒有表情，彷彿受傷的不是妳。外頭父親打過妳之後通常會飲落更多的酒，一段時間內他不會再對妳拳腳，在家難得的平靜安穩。

眼淚無法止息，姊在這時候會對妳說上許多許多。姊會將自己逃逸路線的安排再說上一遍；關於離開，她已準備太久太久。姊陳述每一項對未來打點細節，時程編排脈絡清晰。姊說；要越多錢才能離開到越遠的地方，姊願意用她現在所擁有的一切，來換最遙遠的美好未來。暗影中姊彷若也血肉模糊，妳不確定姊是在同妳說話或者自言自語，熱與潮濕都聞來腥羶。姊說：經血還沒來潮之前，她的軀殼不是個女人身體，要被怎麼使用都無所謂。姊相信未來是閉眼後從黑暗中慢慢浮現的美好輪廓，她將在成長來臨之前離開這裡，以完美而潔淨的女性模樣，從噩夢醒來。

這一切怎麼會是真的？所有戲劇化情節都是娛樂的一部分，沒有人真的在受苦；受苦是一種姿態，某種刻意的結果，不是真正生活。就算真的發生，也必定不是感覺如實地貼在肌膚，是一陣昏眩，彷彿靈魂出竅飄浮半空之上，俯視妳的身軀在劇情推演下，如物品被抬來移去。

妳見到姊在昏黃疲憊的狹小空間裡，窩著身子從角落翻挖出了什麼。那是個老舊的彩色筆盒，盒面卡通圖案已老舊如屍身斑駁，姊不只一次在啼哭不止的縫隙中，將這殘破的盒與幾乎崩解的自己攤示在妳面前。盒子一開，裡頭有姊的未來，那原本是各式各樣男人給的皺折鈔票，被妳姊整齊排列捆綁，紙緣仍受潮受霉如滾邊一般波浪。

姊說：有天我一定要離開這個鬼地方。

面對姊的激動，妳默無表情，空洞一雙眼神。姊的崩解有時因妳的沉默而集結成更猛烈的暴躁與憤怒，轉瞬間她咬起牙，使勁擰捏妳已然瘀血的皮膚，反覆以手心擊打妳紅腫臉頰。妳浮在半空看姊如此氣憤，發抖著身體痛罵：妳眞是被妳那豬狗老爸打成一個沒救的白痴了！

一切不是眞的。

疼痛響了整夜，妳眼睛沒有閉上，在窄仄如盒的房內，背著妳姊在通鋪上側躺，直直盯視昏暗中霉斑在壁上縮小擴大、蠕行爬動。突然身體發緊，房門緩緩開啓前，一絲酒氣已先行潛入。妳沒回過身，只覺得尿意至沸點般洶湧。後方窸窣作響，風吹草搖，姊低語咒罵的聲音迴蕩於霉斑漫遊的四壁，最終化做呻吟。

暗夜裡，妳閉起雙眼。

只要夠專心，往最深最暗處持續凝望，有些輪廓將慢慢浮現。

姊說她見到自己擁有獨立屋房高過雲空，朋友盛裝前來聚會，光速電梯上下穿行，底樓好多便利商店。便利商店裡，姊整齊乾淨以完好女人姿態出現，繳水電費，買生冷沙拉，選一本時尚雜誌。姊說她將不再恐懼電視新聞頻道，因爲已從噩夢醒來。噩夢只是噩夢，不會眞的發生。她所要擔心的，只是能否再瘦個一兩公斤、男友有無劈腿，掙扎於是否刷爆卡再買一個昂貴皮包。

於是這樣的時間點，妳總是閉起雙眼。黑暗如同甬道，遠方微弱的光通往未來。

姊或許需要外出時有妳陪同，但在姊未來藍圖的描述中，卻沒有聽過妳的容身位置。姊已將步伐跨進妳們所被禁止收看的電視畫面，黝暗裡所預視的，是自己身影在頻道畫面中流轉徘徊，停下腳步這裡有獨立屋房，舉步切換轉眼來到碧海藍天。以舞曲的韻律節奏行走，舞步之上，大家討論虛幻假象，抨擊扭曲的社會價值觀，審視消費掛帥時代的人間正義何在。那一切，才是所謂的眞實。

妳在黑暗中，看不到妳的未來風景。妳所能見到的，是姊獨自一人，費盡千辛萬苦，逐步向她的眞實未來緩緩前去……

姊的呻吟仿若述說通關密語，與妳闔眼時刻交相重疊。

如果前方無路可走，黑暗怎會看來如此無邊無際。陪伴姊身邊的妳只能等待，獨自感受沉默重量，與所有在妳耳際被放大的聲響。

今天妳和姊，橫度三條路標已歪斜的街，再拐過兩個堆積陳腐傢俱的轉角來到這裡。妳依舊在向度中被流放於模糊世界；矇朧間，卻著實聽見姊的騷動不安。從未如此，姊說在成長為女人之前，身體被怎麼使用都無所謂。姊一向平穩冷靜，不曾發出如此恐懼驚呼。

妳那麼慢那麼慢地睜開眼，如花朵用一個季節來綻放。天空明亮，眼前道路原來如此開闊，妳從血蛭般互相交疊吸吮的屋房前站起身子。妳那麼孱弱，投射在地上的身影卻如此穩健堅決；妳踏開步伐，如雲的飄動。

姊的驚呼，夾雜著男子嫌惡聲音；被以為的污濁，是姊下體潰堤血流，源源昭示成長蛻變。生命至此即將不同。

今天妳不再繞行至便利商店，妳往家的方向直直前行。這個時間點，父親不會在家，姊還停留在妳身後，困在血泊之中。晴朗氛圍，妳在明亮裡見到未來。

突然妳如此清楚，未來的路，將往哪個方向前去：妳將捧著一個破落的盒，用裡頭點滴匯流金錢，坐一班常誤點的搖晃客運，再轉搭緩步如龜行的平快列車；妳不會在乎，因為妳已等了太久，安慰至極終於要自噩夢醒來。黑暗風景中妳撥雲去霧，就要回到一個眞實的正常世界。

原來妳之前所處的空間是凝止凍結時空，原來妳的身體只是被層層禁錮；妳有想法，妳有願望。妳的沉默是為了說話，妳的瘦小是為了壯碩。沒有什麼能夠再阻止妳，妳已睜開眼，從混沌夢境中，徹底醒來。

而那次遠行，只是妳第一次的逃家。

視　差

車行顛簸，你頭靠車窗玻璃，有一聲沒一聲叩著；雨珠斜行，窗面劃過一道道細長水痕。出發時天空還是湛藍的，長長公路不知何時進入一片霧濛，漸層色差由淺而深，最遠方盡頭，濃稠烏黑雲層糾結成團。

你頭感覺脹痛，車已經開多久了？眼皮好痠，闔眼卻也不安穩，一路昏睡清醒、清醒昏睡，總在睡過站的夢境中倉皇驚醒，錶面時針其實不過悄悄移步數格。路變得好長，這些年隨時間加法，一天一年持續朝無盡未來蜿蜒，回程路時，竟已是離開的好幾倍長。望著沿路風景，閃過眼前的建築物越來越少、越來越矮，水泥外牆冒滲黏膩雨汗，外圍成片綠草風吹搖曳，晃蕩潮浪黑影。陰雨午後，沒有白鷺鷥飛翔點綴。

濃稠黝暗的黑，你並不陌生。它們從未化作雨水，淋漓暢快墜落人間，反而在漫漫時間路途中，全程糾纏在你頭蓋骨頂端，壓在額間，烙印刻痕似地留下抬頭惡紋，豈輕易揮之能去？

巴士內人聲若熱鬧些，你便不用在一片沉靜中苦皺眉心，猶如承受某種暴力，聽聞前座女孩對身旁男伴讚嘆窗外風景的無知謬論，什麼顏色好美，像遠方墨汁瓶被打翻落在宣紙上，溢散灰黑色澤多麼漂亮。貧乏而事不關己的羸弱想像。雨霧灰濛，突然一道銀亮閃電劃破，線條疾舞窗外空曠平原，轉瞬消逝。前座女孩嬌嗔語調低呼：好美！

旁觀者的幸運。畫框外的恆溫空調世界，以理性結構與感官直覺，衡量評斷框內景物是否合乎美的標準。而這一切，眞能夠如此簡單說明？

＊

你畫作裡，有那些黝暗濃密烏雲。

當你的作品，第一次被放進豪華畫框，陳列於展覽館柔和黃光燈照下時，你一臉茫然與它對望許久。你想起，自己有用畫筆搓揉手背習慣（你左手背是塊公認大象皮），或將筆桿末端放進嘴巴啃咬，不自覺胸前緊緊交纏沾滿顏料雙臂，有時莫名全身緊綳，全程踮著發抖雙腳完成一幅殘破畫面……

畫框外位置站定，茫然而視。畫框裡，最終被美感所評斷的，與實際曾經發生一切，其間意義竟可距離如此遙遠？

＊

貓屍，被車碾斃的，柏油膚面微微突起的血肉惡瘤，人車閃行迴避。街上動物屍身所剖開曝曬的，是人工城市完好表面意外顯露的瑕疵缺口。你停下腳步凝望，想起電視廣告女主人把愛貓抱起往自己臉上磨蹭模樣。

這天已沒有親戚來訪，只剩母親獨自在家。跨進家門的你，身穿米白色絨布大衣（避免奔喪黑裝？）昂首出場，凌盛架勢，猶如鐵甲銅冑準備迎戰。母親一見你就哭，皺紋老臉濕濕糊糊，止不住涕淚。母親身後，你看見年幼自己，懷裡拾抱適才所見碾斃死貓屍身，坐在沙發上，伸手輕輕撫摸半血半肉殘破皮毛。

黏膩感觸穿越時空而來，重新貼附在你身體膚肌；房內腐爛霉臭氣味流竄，如漲潮洪水淹沒鼻腔。

你環視這間老舊屋房，既熟悉，又陌生。那髒污無光的磨石地板，那貼邊波浪起伏的泛黃壁紙，牆面仍垂掛幾幅天書字畫，其鋁框生鏽斑駁，行草筆劃亦隨時間沖刷漸漸灰淡。將陽光擋在門外的腐敗之地，彷彿曾被大水浸泡侵蝕，霉氣猶如屋房體味；屋內色澤灰敗黯淡，唯獨壁紙翻翹牆角群聚點點霉斑，在一片晦暗中兀自茂盛，向外伸掌四處攀爬，從牆面到地底，從地底到桌腳，甚至蔓延至母親雙臂與皺老臉龐。母親手邊衛生紙一張張抽取，在兩手掌心中幻化朵朵綻放白花，而後迅速揑揉萎縮。

沙發上年幼的你，安安靜靜玩弄貓屍。母親哽咽拭淚，斷續地說遺體已沒辦法等到你來才送去火化，說早就打電話給你，哪有什麼畫展可以忙到趕不上看自己父親最後一面？屋房深處，你隱隱看見豔黃光亮。

經過藤蔓霉斑紋路，向前行進。屋內擺設簡陋靈堂，兩側燭火照耀桌面鮮黃布幔，發出閃閃光澤，左右白淨瓷瓶黃菊盛開。是父親的死亡，爲長年暗不見光的角落帶來鮮活色澤？靈堂中央相框，玻璃反光薄薄倒映，你看見自己瘦削臉龐，疊影在玻璃內父親一如往常嚴肅冷漠的神情之上。（是他這些年容貌未曾改變？或照片時空仍停留在你離家遠行，父親在客廳抬頭望你一眼，那最後時刻？）

良善母親，認爲這是你與父親的最終和解，一邊擦拭眼淚，一邊點燃三炷香遞來，你卻沒有伸手接過。

該怎麼說？各式排練好的應答語句心底輪轉：你不是來拜他的，他在天之靈也不希望被眼前逆子舉香祭拜吧；更甚者恐怕父親早就將你遺忘，早已認定終生不需有後，何需祭拜？你從遠方備妥千百句鋼釘般尖銳言詞，塞藏厚重大衣內裡夾縫。

香炷與母親徵詢目光停滯半空，點點焦急心緒焚燒成煙，在母親與你與父親老舊腐朽的三角家庭關係中，緩緩飄移。牆上霉斑繼續扭曲前行，穿越無光的磨石地板，漸漸攀附上你的小腿肚。這些年，如此戲劇化地選擇決裂位置，此刻該是劇情高點，然而舞台上的你，卻忘記台詞般，靜靜站在原地。你是三流演員，不知如何詮釋你的三流劇本。

避開聚光燈，別過頭，與身後年幼的你正好視線相對。他那已懂得使用無辜表情的狡詐面容，嘴角淺淺微笑，凝視著你，你的冷默敷衍，你的剛強應對。

＊

該如何形容你的決裂立場？好比開關兩端，開，或者關，中間沒有模糊地帶，於是決裂。

而因果關係反覆輪迴：選擇決裂，所以更不能有模糊地帶駐足停留；那些難以定位的情緒，均無法在灰階色段中，擇地歇息。

曾經決裂離家後，你實踐長久被抑制慾望，開始自由繪畫，再不會有監視目光厲聲指責你用色浮誇。

物極必反，離家後的你，渴望每張畫作都能用上每種顏色，彼此再融合成另款色澤，繽紛難解。畫布前瘋癲，你整個身體化約成一雙眼睛，久久凝視面前已脫離控制且開始自行疊合交配的繁複色彩。好幾次，你隨著畫布呈現色彩漸趨濃厚黝暗而大口喘息，覺得再也承受不住，無法宣洩；總在如此時刻，你習慣一下又一下痛打自己耳光，緊捏臉頰手臂腿肉近乎瘀血，讓疼痛覆蓋一切。如此過程產出的畫作，好幾年後被換成實際收入；價碼如何設定，買家決定，你毫無理解頭緒。

只是在那之前，好段時間你苦嘗猛烈決定後果。你四處打零工，沒有一份穩定工作（因爲你也不想擁有？），常常身上有的錢，僅供你每日兩頓簡餐或安穩留守租賃屋房二者選其一；如果想繼續奢侈作畫，則兩者都有匱乏疑慮。想過放棄，但選定的決裂立場，不允許你輕易回頭；這條單向的離家之路，只能持續向前行進。

你在遠方，拖行一團爛泥原地繞圈。

人際關係差；認識你的都知道，你作起畫來像個瘋子，好像有點才氣，但過於神經質，不宜往來。你與一些難以啓齒的習性爲伍，彼此不離不棄；未曾因那些小惡小罪被逮捕定罰，堪稱幸運。你常在陌生環境頭痛欲裂醒來，枯瘦肉體是另塊畫布，任各色潮濕顏料噴灑其上；你不知道自己血液裡，是否早有更爲惡毒的腐爛之物竄行。

你常在恍神的墮落時刻詢問自己：這便是當初離家時想要的生活？你是否已正確地選擇出口方向？或者你根本還停留原地，不曾離開？

你站在你的畫作前，對這一切感到難以理解。

*

你年幼時，運用色彩的方式，無疑說明你作壞本質。

那是開始筆劃習字時期，父親爲你添購文墨四寶，並臨帖示範，供給紙張上學步的你逐筆逐劃跟隨。你在桌前，坐得如此端正，猶如手裡僵硬捏拿的直挺筆桿。父親說，字是一個人的氣節表現，不可任意歪斜。你看父親所示範字跡，在練字使用的紅線九格框習作簿中，一點一撇一捺如此工整，是他爲你預設的前行姿態。

在你總是無法穩住飄浮半空手臂，無法落下範本般優雅筆劃時，父親是否即已明白，你骨子裡必定毫無氣節可言，且那歪斜程度，恐怕已有壞毀腐肉孳生蛆蟲？父親提攜過眾多年幼學生，一屆又一屆，不可能沒有發現。

你後來明白，那些歪斜線條，以字的標準來看或不及格，以圖畫角度可能另有成績。美術課堂裡，你的作品被張貼在教室後方以示鼓勵，老師萬般惜才，甚至試圖引介更專業的學習管道。你不知道，父親對你這般天分有何想法，但他沒給過你任何笑容回應，也從未同意資助購買畫具，更別提將你送去拜師；遇見母親拿著你學校高分習作圖畫微笑觀看時，一旁冷言批評用色過於浮濫誇張，好似急欲把整個自己掏出來給別人賞用，格調太低。父親凝視的目光，未曾考慮畫作僅來自於你幼小身軀、幼小年紀；嚴苛為難標準，便是長年為師的父親給予的特殊待遇？並且不需任何閒雜人等插手介入？

你自然未曾表達任何往此方向多踏一步念頭；繪畫是旁門左道，好比你那些不被父親認同的浮誇色彩。然而，色彩直覺，怎說得上標準為何？又是從你身體哪處潮濕溫熱角落繁衍而生？

看那畫筆落下瞬間，紙張濡濕，色澤緩緩暈散模糊，仿若筆端飽蓄濃烈酒精，瞬間人紙醺醉。你總是節省微薄餐費車資，換來自行購得畫具機會。你漫步畫具店陰暗走廊，抬頭張看高高架起遙不可及專業畫布畫架，猶若目光巡禮，而後至開架式木質櫥櫃前，與成排成列眾多畫筆顏料一一打過照面。那些色澤，如此整齊聚集擺放，像色彩國度一支完整軍隊，正等待王者號令，啓程出航。

如此時刻，你的手心開始冒汗，一扇通往無光暗房的門在心底半開半掩，裡頭忽然吹來陣陣強風，門板來回大力撞擊發出砰砰聲響。該如何形容你所感受到的心悸？是一整片泛著油光的暗夜黑、深海黑層層相疊，其上大膽塗抹一道一道鮮豔亮黃、亮橙線條，然後甩動沾滿顏料筆尖，撒上形狀大小不一螢光綠圓點？你必然見到，那些落在紙面上的圓點開始蠕動，而後如種子般掙扎出短小莖葉，仿若晨日甦醒，蹲踞身形紛紛昂首伸展站立，向上彎曲延伸，頂端團團綻放妖豔多汁的綺麗花朵。

那在黑暗土地上激烈綻放的姿態。開架式畫筆顏料展示櫃前，你半傾著身，仔細瞧看把玩每一款不同性格色彩。四周安靜，只有遠方櫃枱電視機隱隱傳來嘈雜聲響，裡頭年輕店員不時隨電視罐頭音效傳來笑聲。你將當日認定最渴望的色澤，一款兩款悄悄收進自己褲袋，而後揀選一支較不鍾愛的，握在手心，前往櫃枱結帳。對畫具店而言，你是個過於年幼的購買者，店員總好奇逗問你一些無聊問題：眞是你要用的？這麼有天分多送你點什麼吧？你一雙訓練有素的無辜眼神，毫無畏懼直直回視不管哪位店員，淺笑，沉默，拒絕其他欲贈與你的物品，包括關心。

你難以分辨，究竟是那華麗豐沛的繽紛色彩，或者偷竊本身，讓你感覺如此興奮且久久難以自拔？難解問句，不是年幼的你能夠回答。

*

那是年幼時的祕密。你當時未曾意會，那些暗不見光的行徑，和被父親狠勁抽打有何關係。所能確認的，僅是明白心底有扇搖搖晃晃的門，裡頭傳出腐爛餿臭嗆鼻氣味，任何人都可因此責難於你。

所以，從來不問爲什麼，爲什麼父親不只一次滿腔怒氣衝進你無法上鎖臥室，不說一句直直揪住書桌前安穩寫字的你，向外拖行，將你摔落在客廳磨石地板，在四周牆面廉恥禮教書法字畫圍觀下，解開他腰間或黑或褐皮帶，高高舉起，一下又一下揮擊在你彎曲內縮的細瘦背脊。彷彿你背部是張習字用的方格宣紙，理所當然任書寫者留下血紅筆跡；再自然不過命運，無需心存懷疑。

作惡多端的壞孩子，父親傳遞譴責意念，你心底著著實實完整接收。幾種複雜感知，在你皮肉接收到疼痛感觸時層層疊合。未註明原因的嚴厲懲罰，你總倒果爲因，與鬼魅般繁雜華麗色彩產生莫名連結。尤其當父親從你房內搜出那些或買或竊的繪畫用具，緊緊捏握細長畫筆或塑膠調色平盤，奮力疾打在你手臂腿肉甚至頭顱，猛烈揮打結果，彷彿在皮肉上擊破一個又一個飽滿鮮豔的顏料色球，緊閉雙眼的你，感覺開綻的腥血傷口一層紅、一層黃、一層綠、一層藍、一層紫……漸漸向外翻展，腐臭氣味隨之擴散。

如此腐爛身軀的你，當然無法親近寡言父親；彷彿一旦接近，傷口就會潰流出惡臭膿汁。

年幼時，你如此認知自己。

於是，幸運至極時分，被叫喚進入門鎖緊閉的父親書房，你必須把握表現機會，順從指令，奮力開展漸漸內彎肩胛，試圖抬頭挺胸完整背誦數則古文詩詞，花更多力氣矯正殘疾歪斜毛筆字跡，才能稍稍止息傷口膿汁湧動。在你不敢直視的迴避目光中，父親形象如此崇高聖潔、不可觸碰，是規範你的至高光明紀律，照耀你一身無法根除的華麗惡行。父親大手牢捉你窄小肩膀，那麼用力救贖，強迫逃避的恐懼眼神直直盯視他羅刹神像凶惡目光，說不行，說不可以，說不要像別的小孩那樣惹我生氣。

屋房裡的創世紀，父親以端正字跡書寫爲人道理，傳教於你。父親是全知天神，複眼萬千，在你的頭上三呎左右徘徊。那必然是種天佑。你這般入骨的病，所幸父親還願接受，讓你走到他的面前，領取聖餐，承受聖水；曾經你如此珍惜這難得際遇。

＊

在你畫作開始有發表機會後，某校園刊物藝文記者，曾和你有過一次討論作品的簡單採訪。一開始話題圍繞藝術名家和技法流派，提及你有段時間曾經特別喜愛古斯塔夫·克林姆的華麗畫風，尤其他創作中期，大量金黃鮮豔色澤呈幾何形狀幾乎佔據全部版面的拜占庭式鑲嵌畫作，多麼魅惑動人！

原本氣氛融洽，畢竟僅只閒聊年代久遠的知名畫風，直至記者提到對你畫作的觀察，論及你較後期作品，尤其相對於前期而言，色彩風格明顯轉變，黝暗畫面構建筆觸、灰黑色調濃淡掌握，好似某些中國書法繪畫拿捏技巧。記者問：是否在習畫過程中，曾對此一中國畫風特別研究？

如此問句，對你而言，好似記者冷不防地挺出一把利劍，頂端尖刺抵在你深皺眉心，幾乎滲血。一時難以反應，遲遲未能應答。所有過往線索在腦中糾結成團，你自己尚無能力理清，旁觀者卻已魯莽介入，將肉眼所見的簡單表面化做問句，挑釁似地大聲朗讀。

那是個場面尷尬的失敗訪談結尾。囚禁困難問句的你，摸索方格完整四壁，試圖尋找出口；如此反覆直至能源電力耗盡，停下步伐，再也無法回答其他問題。短瞬之間，你與周邊環境如時間切割，斷然分屬兩個不同次元世界。

*

有扇門眞的存在，卻又像虛假壁紙，張貼在黝暗屋房霉斑壁面。

那是父親書房，在你年幼心底，猶如藏匿所有關鍵字詞的神祕殿堂。獲准進入聖地的卑微信徒，僵硬身形接受光芒聖者耳提面命仁孝道理。心底明白是難得證明機會，然而越想完成任務，越是表現拙劣。你的腦袋記憶庫無法將熟背古文完整帶進書房，你的書法筆劃也總未能如父親示範直挺端正。滿身罪行的囚犯，反覆回到審判台上，表演低頭沉默。不是父親所期許模樣，儘管你再努力，只是負分累計。書房裡時光疲軟無力，隨著父親頻頻嘆息聲，緩緩拖曳行過。

猶如橡皮細繩慢慢拉長的分分秒秒，你渙散失焦目光，凝望著父親身影外書房各個角落模糊影像，在記憶中凝結成一片片拼圖樣塊：深褐色樟木桌桌角摩擦碰撞痕跡、桌面邊角紫紅外殼方型檯燈、巴掌大半濕硯台、木質筆架吊掛幾支粗細長短不一毛筆、桌後牆面父親百年樹人大幅字畫、兩側書櫃擺滿各式厚重陳舊書籍。你從來無法大方而完整地觀看父親書房全貌，那是惡德之人沒有資格觸碰的神聖禁地。

想進入父親書房，在你心底漸漸蓄積爲龐大慾望。你曾在年幼夢境中，不止一次獲准進入父親書房；緊閉木門開啓，總是春天繁花景象微笑歡迎。地面青草茂盛，中間仍是放置父親的樟木桌，兩側書架消失，變成盛開的繽紛桃花樹圍繞，花瓣零星飄落，在綠意盎然草地留下片片粉紅。你走向前，坐在父親座位，猶豫揀選桌上粗細長短不一毛筆，而後開始習字。知道自己終將寫出與父親相同字跡，然而每一筆劃落下，不管筆端已蓄飽多少墨水，卻始終未能在紙面留下任何色澤；白紙上的白色字跡，註定無法被父親看見。你越寫越急，最後總是滿身盜汗驚醒。

你年幼時另一項私密：渴望單獨進入父親書房。

於是，每一個獨處在家時間點，你總試圖打開父親書房反鎖的門，方法原始而笨拙，包括將迴紋針拉直成線摳挖鑰匙孔，或者從喇叭鎖旁門縫插入厚厚紙片。這樣的機會點沒有太多，且開鎖和寫端正書法對你而言同等困難，最後你瘦小身形能在父親閉鎖門板前做到的，僅是趴在地面，從底層門縫窺視無人書房靜靜光影，或者將耳殼貼在門板，像個醫生聆聽整間書房心跳。當然一無所獲，你仍在父親世界之外。但你未曾放棄嘗試，在父親書房門前徘徊，對你而言已成某種儀式。

所以，當你某次病假在家獨處，不小心將門真的開啓時，感覺是如此意外與激動；你身軀猛烈發抖，急促心跳反覆衝撞胸腔內壁，幾乎疼痛。

無人的父親書房，一如記憶裡斷殘畫面印象，乾淨整齊，彷彿連塵埃也不敢過於喧囂。你小心謹慎地，踏著顛顫步伐，緩緩進入父親書房。這一回你不再是罪犯身分，終於無畏懼地抬起平視目光，完整觀看父親書房全貌，視線裡終無隱晦的神祕角落。

父親樟木桌上，放著一疊寫得和你差不多的歪斜毛筆字，是父親學生繳交的作業；之前刻意未讓你進書房時見到，是父親不願意給予練習書法的負面比較對象？好讓你沒有任何退路藉口？無法得知。歪斜作業旁，有支你未曾見過的寶藍色電話機，線路還連接一台可播放式錄音帶隨身聽。感覺疑惑，父親從來對新科技產品沒有興趣，音樂歌曲也多有批評，怎麼在書房裝起一台隨身聽？你小心翼翼抽出卡帶端詳，是空白帶，什麼註記也沒有。屬於父親的未知領域，如一座龐大島嶼，突然從海平面上悠悠浮現。

你是恐懼的，若被父親發現自己如此膽大，不但闖入禁區，還想往更深底處探進，必定將會是窄小世界黯然毀滅的起始原點。巨大不安讓你準備退出房門，佯裝一切未曾發生，但又心想，自己這輩子可能再不會如此靠近父親，此時卻步，恐怕再無機會。於是，你顧不得懦弱的自己好想趕快離開父親書房，強抑抖動雙手，將卡帶歸位放回，搜尋隨身聽播放鍵，大口喘息，用力按下。

不是音樂，不是歌曲，是你青澀而稚嫩的聲音。那是前一天晚上你和同學通電話的對談內容，父親將你所流逝的線狀時間裁剪留存，收錄在屬於他私有的卡帶磁條上，監聽監視。

原來，你一路走來，在父親面前竟是如此赤裸。

在安靜的午後書房裡，你心底複雜情緒發出尖聲咆哮，從最深底處振動身軀每寸肌膚，空張著口，喉頭卻未能有任何聲響。站立原地的你，久久無法動彈，甚至開始耳鳴，嗡嗡嗡音量益顯巨大，彷彿你站在一座傾倒的城市中央，身旁林立環繞的宏碩建築，正一一崩毀倒下。

見證城市的頹敗；你再次向前，翻看父親抽屜。你發現許多自己已遺棄在垃圾筒裡的舊時光，包括你上課和同學傳的紙條、畢業旅行相片（裡頭只是不小心入鏡的你笑容如此尷尬），甚至，你將所有零亂心事謄寫其上，但後來希望展開全新生活而丟棄的，數本日記。被迫再次面對那些選擇遺忘的記憶，你無可抑制地大聲啼哭，痛恨自己短短人生怎會如此一場糊塗，而這一切，竟都完整呈現在天神般的父親面前，且被保管存證？

滿身罪行的邪惡之人，流再多眼淚也無法博得任何同情。不同情自己，雖然哭倒在地，但跪姿的你，硬是挺直上半身，用盡最大氣力，一下又一下擊打自己耳光，在寧靜書房裡，發出啪啪清脆聲響，直至眼淚不再落下。那便是你後來的習慣原由？懲罰自己，讓疼痛覆蓋一切，好使你能夠開始其他動作，開始善後，開始抹去你闖入書房的罪行痕跡，開始恢復原來生活。

＊

你該如何，用顏色描繪出你的家庭圖象？那些牆面上肆意流竄霉斑，是成片的灰？或者成片的黑？

單獨闖入父親書房禁界後，你等待著嚴厲譴責降臨，像是面對遠方成片蝗蟲漸漸飛撲而來，準備蝕咬你每寸稚幼膚肌。你原本即垂低的面容，被與日俱增恐懼感受沉沉壓落，感覺無時無刻有股暴烈力量抵在頭肩後方，隨時要將你推倒向前，雙膝跪地，抵著你臉龐去摩擦地面上粗細粒砂。

如此畏懼，然而，沒有任何懲罰發生。

父親的天神秩序，屋房裡持續運轉。恐懼感受並未消減，隨著沉默時光無盡拉長。你戰戰兢兢生活，小心每一步伐，清楚知道若舉頭三尺，自己將會看見什麼。原始生活已改變色調，你的世界在揮之不去的陰霾籠罩中，灰濛無光，所有飽滿色澤仿若流失鮮活血液，貧瘠黯然。

囚困於罪行的你，所能擁有的繪畫材料越來越少，但繪製圖象卻更爲大膽瘋狂。眞連繪畫機會都沒有時，你躲身附近老舊的社區圖書館，翻看那些令你莫名激動的經典畫作圖集；雖地方小鎭藏書有限，仍使你有開拓視野感受。

其中最使你目光反覆來回的，譬如說：克林姆。

在你還未瞭解任何繪畫流派的幼小年紀，對於克林姆所呈現的華麗繁複，已如癡如醉沉迷。那神祕的構圖方式，畫作裡只有人物表情素描寫實，其他都是由各式繽紛色澤的幾何圖形堆砌而成，毫無空虛間隙。你總是感覺，畫作裡那些迷濛難解眼神，正穿越時空，直接與你溝通對話。即使沒有第三者翻譯，你仍清楚得知，她們能夠瞭解你的感受，因爲她們就身處萬千色彩之中。心嚮往之，多麼希望能將自己身軀也擠進那窄小畫本的方格之中；彷彿幾張紙頁裡，窩藏著一個比你生活環境龐大數千萬倍的完整世界。

你當然無法就此輕易遠離逃避，自閉與靜默中，你將目光從繁複華麗的圖象上移開，挪動腳步，穿越圖書館走廊，將書歸位，準備回到囚禁你的黝暗屋房。兩種截然不同的畫面，交接時刻，總產生巨大的視覺落差，使你對於漫漫人生，感覺莫名昏眩。

＊

如同開關兩端，若選定決裂立場後，即無灰色地帶可供停留。

低頭疾走且畏懼懲罰的你，隨著時間煎熬累計的憤怒，始終沒有公開。懦弱的你，不可能去質疑父親，只能不斷找機會，逃逸在繽紛色彩世界，直到你發現一個比黑還要深沉的顏色。

那是個惜才的師長，卻偶然成爲你的報復道具。他是美術課堂老師，最開始也是他發現你的天分，建議你應該接受更專業的教育。你未曾將如此建言轉述父親，不給彼此找麻煩，幾天後回應老師：沒有需求。問句能回絕，繪畫課卻仍得繼續上。你一次又一次在習作中展現超齡水準，彷彿老早一步跨過童年，且快跑踏過猶如潮濕綠地的盎然青春，直接奔向成熟、衰老滄桑絕境，但你對於自己時間快轉狀況一無所知。看在眼底的美術老師不願放棄，想直接與你家長溝通；你制服下傷口開始疼痛，好似老師不只是在對你說話，手還拿支彩筆，將顏料塗抹在你未痊癒的模糊血肉之上。你聽見自己說：應該不用問了，我一點都不喜歡畫畫。然後不知為什麼，你開始流起眼淚。

你謊言下所釋放訊息，老師已完整接收。於是老師向相關單位調閱資料，撥打電話到家裡頭，試圖直接與你父母接觸。多麼幸運，家裡當時沒有其他人在，電話是你接到的。老師言辭間有些失落，但已踏出一步，彷彿不該再收回。他嘆口氣，坦然地問：老實說，家裡是不是反對你學繪畫？是不是有什麼困難？老師難以想像，學習繪畫有什麼好禁止的，連別人主動提供援助都能拒絕；然而你這端所想的，是此時此刻，緊閉的父親書房中，有一只隨身聽也正在運轉，準備留存你所說的全數證供。於是你說：沒有。

美術老師大概也聽出端倪了，但他不知道父親書房裡有些什麼。老師問：是不是不方便說話？你沒有回答。過一會兒，老師又問：會有人因此懲罰你嗎？問句洶湧而來，你身體頓時緊繃，猛烈震顫，答不上任何話語。老師聽你沉默，又再追問：是父親嗎？我看過你的資料，他也是個老師吧？腥血傷口被畫筆頭反覆搓弄，疼痛感覺再次滋養朵朵豔麗繁花。是否該如實回答？在磁帶證物上，應該留下什麼比較妥當？

剎那之間，一種比黝黑暗沉的色澤，突然浮現。如暗夜大海傾覆場景，你必須大口呼吸，調節氣息，才能面對眼前樓高巨浪直撲而來。於是，演員登場，盡其所能放鬆肢體，試圖讓自己陳述語句聽來自然如實。說話速度如此緩慢，你讓每一個獨立字音，清清楚楚留下。你說：我父親不會懲罰我，但是我很討厭他，我希望他趕、快、死、掉。老師一時愣住，其後反覆詢問發生什麼事了，你喃喃自語對著話筒接續地說：總之，如果他死了，什麼問題都沒有了。老師又問了幾個你已聽不清內容的問句，得不到回應，最後草草退出你們的家務事，只說會再打電話來。

只是個念頭臨時轉彎，你已選擇一個結果完全不同的決裂立場。當時尚未發現，你只當懦弱的自己，終於打算結束罪人生活，不必再擔心因曾犯下的過錯被懲罰，正式向父親宣戰。

起初開戰時刻，你是個諜報兵，爲一個新理由徘徊父親書房門口。你希望親自確認父親已接收到你的戰帖。當然你不會拙劣地在書房底層門縫透露自己身影，確認母親暫時還困守在客廳電視連續劇後，你站在父親房門旁邊，背脊貼著冰冷牆面，側耳聆聽裡頭有無動靜。

與推測符合，你的留言果眞被記錄在磁帶之上，送往敵軍父親一人坐鎮的首領帳篷裡。多麼激動興奮，門牆內你的聲音聽來如此果決，完整得令人得意，你幾乎要以自己的善戰爲榮。呼吸心跳喘動，嘴唇發抖，一秒一秒等待父親回應，你已準備好被天神打入地獄。但父親並未立即衝出門，與你清算這筆爛帳，他只是沉默地，將錄音帶反覆迴轉，一次又一次聽著你字字清楚的戰帖留言：

我父親不會懲罰我，但是我很討厭他，我希望他趕、快、死、掉……

我父親不會懲罰我，但是我很討厭他，我希望他趕、快、死、掉……

我很討厭他，我希望他趕、快、死、掉……

希望他趕、快、死、掉……

趕、快、死、掉……

你反覆聽見自己重覆且篤定地說著，突然不確定，心底是否眞如此作想？事實彷彿不是簡單幾句就能釐清。你想叩敲父親緊閉房門，補充一些留言裡尙未完全表達的，然而你不確定，自己還能說些什麼。能夠讓父親知道這是刻意留下的話語嗎？那等同明白告知父親你曾經私闖禁地，才會知曉他在屋房裡吊鋼絲假扮神明的僞裝姿態。你暫時放下的膽小懦弱，此時如同磁場吸力，再次黏貼在你微彎背脊。房門外的惡德之人，再無機會進入父親世界。

如同開關兩端，只是一個念頭轉彎，你莫名地選擇決裂立場，再無灰色地帶可供藏躲停留。這一切，並非你所能預見。

＊

你的宣戰告白，在晦暗屋房裡，彷彿未曾存在。

父親生活一如往常，而你也遵循著屋內紀律持續原地打轉；沒有越軌，就沒有衝突。兩人間極少對話，但宣戰前不也如此嗎？世界並未因你極端選項有絲毫改變。屋房裡，你始終不自在的肢體，猶如穿了件過於緊身的燕尾服，兩隻騰空的僵硬手臂不知該如何自然放下。你緩緩抬起頭，長期低垂頸椎發出老舊機械奮力運轉的故障聲響，什麼時候開始的？那些眼角餘光陰影，化做實際點點霉斑，黏貼在屋房裡各個角落；時間所能帶來的，並非撫平傷口，而是腐爛。

總有一天，這些難解心結必然都有淡化釋然機會。心底曾經如此想著：屆時你和父親都將隨年歲增長而徹底改變，再沒有什麼好堅持的，兩人輕鬆面對那些難堪往事。然而，你始終未曾等到那天到來。總是你和解道歉語句正要出口，卻因為見到頑石般父親的冷淡面孔，又畏懼地退縮回去，然後轉化為憤怒情緒累積。

於是你所等到的，是漸漸擁有獨立自主能力後，離家遠行。並超乎自己原先預想的和解畫面，未曾在父親有生之年，再踏入家門一步。

＊

還以為自己是朝著多采多姿的圓滿人生前進呢！像那些鮮豔畫作，色彩繁花，繽紛盛開。你曾經物極必反地，在畫作上使用各式顏料，構築一個沒有陰暗角落且使你完全自在的，幸福境地。

然而一切並非如此容易。

離家之後，你只和母親維持簡單通訊；偶爾母親北上找你，也不讓她在你面前提起任何有關父親的事。這段期間，你和父親只有一次非正式的簡短通訊。那是個你初到陌生遠方，極度貧困，身上所有提款卡都領不出半毛錢的大雨夜晚，你徬徨無助地撥打電話回家，是父親接的。父親聲音，彷彿一道開鎖密碼，讓你倔強眼眶失去防守，兩行眼淚直直奔流而下。但你沒有忘記自己曾經選擇的決裂立場，心底也暗自推測，說不定父親根本不想聽見你的消息，你那些任色彩流竄的荒亂行徑，能有什麼讓父親感受驕傲？於是強抑住自己啜泣聲響，不發一語，外頭傾盆大雨嘩啦嘩啦地下。遠方父親，沒有掛斷這通聽來像惡作劇的無聲電話，只是對著話筒裡的雨聲不斷嘆息，一會兒你止住眼淚，才繼續留守在原先決裂位置，靜靜掛上電話。

那些難解情緒，令你想要瘋狂地大聲吼叫。

站在畫布前，你對於顏色漸漸失去控制能力，不由自主地將各種顏料交錯疊合，不聽話的雙手，一一摧毀那些原本各自獨立的飽滿色澤；其殘暴破壞程度，有如提一桶惡臭水溝的黑濁汙穢，往克林姆的畫作眞跡潑灑而去。最後，感覺體力再無法負荷，不吃不喝的你，甚至連擊打自己都已沒有力氣，才終於停止那近乎折磨極限的繪畫創作。

對於後期的創作成果，你百般困惑。原本你所期待的，是萬千繁花盛開的春天景象，是跨越囚禁疆界的溢散色彩，是豐富妖嬈的自由姿態，然而，你漸漸呈現畫面，卻是冷鋒過境後的蕭瑟荒涼，那重覆疊合的繽紛顏料，混合成深淺不一、糾結成團的晦暗色澤，在你的畫布框限中，構築出一幅幅傾倒頹敗的黑暗風景。

彷彿你的遠行，只是一場在原地發生的幻夢；你眞正人生，始終梗在自己離家那天，未曾再繼續向前。於是，漸漸你的畫作，每一幅都像是在描繪，你那離開後再也不曾回去的，黝暗家鄉。

＊

這一切諷刺極了，不是嗎？

離家遠行的你，非但沒有找到自由，甚至還被囚困在自己重新建構的黝暗畫面之中。直至父親已離去人間，你才遲遲搭上已趕不及見他最後一面的顚簸客運，朝你畫作裡的晦暗世界前行。

這趟回航，究竟是爲了釋懷和解而來？或者得意地見證你曾說過的惡言惡語竟如實成眞？父親才從教職退休，還未享受到養老生活，即因病痛離世，其中莫非眞有你的詛咒？此時此刻，你站在父親的靈堂之前，不明白哪一個才是眞正答案。你透過相框上那層薄薄的自己，看著父親黑白照片，冷漠神情依舊，靜靜凝望著從遠方回來的你。這是否代表你荒謬的人生可以得到自由與解脫了？還是將剩下你一人，獨自承受？

你選擇給予父親傷害，而父親則帶著你最想知道的答案離開。你再無機會詢問：父親是否也有滿肚子的話想跟你解釋？在他心裡，是否就像你獨自在父親書房的那個下午一樣，並不是特別想窺伺什麼，只是想待在對方世界裡一會兒，想瞭解對方。你難過地猜想：父親是否有著相同遺憾？他是否只是想進入你的世界，卻不知如何是好？選擇窺伺的他，是否和你一樣害怕？害怕自己被光明正大地，逐出對方生命之外？這一切一切，都將不再有機會解答。

原本你武裝而來，但此時此刻，顯得多麼可笑。如果父親已不存在，你強裝的盔甲模樣，又能夠擁有什麼意義？演員因無奈的決裂立場，所演出的暴烈行徑，只剩你一人在舞台下靜靜觀看。而這齣戲碼是否還需繼續？你同樣沒有答案。

於是，該怎麼說？

各式排練好的應答語句心底輪轉：你不是來拜他的（那麼大老遠回到這裡是爲什麼？）他在天之靈也不希望被眼前逆子舉香祭拜吧（父親臨終時刻，是否曾想起遠方斷訊獨子？）而且，恐怕父親早已將你遺忘，早認定自己終生不需有後，何需祭拜？（是否意即你早已無父，早就無人願意與你和解？）你從遠方備妥千百句鋼釘般尖銳言詞，塞藏厚重大衣內裡夾縫，真正欲探取時，卻發現大衣下滿是扎刺血痕，猶若另類紋身裝扮。

但父親無論如何是離去了，離去他一手建造的灰黑國度。你接過半空懸浮許久的香炷，簡單祭拜，接著交還母親，讓她將香炷插立在黑白父親前的金黃香爐裡。母親眼淚直流，彷彿見證你與父親終於和解；但對你而言，你早就失去和解機會，某種遺憾感觸，將不眠不休，終生糾纏著你。

母親多麼欣喜，轉過身往廚房爲你準備吃食。你回到客廳，在年幼自己的身旁坐下。囚困在滿身晦暗罪行的小男孩，還在玩弄懷中貓屍，找不到光明出口。你知道，那個擁有囚籠鑰匙的監禁者，已經不會再回來了；但你不知道，該如何告訴眼前小男孩這個事實。

凝視著面前男孩，你忍不住頻頻嘆氣。父親還會在天上監視著你嗎？他是否能夠跨越時空，看清楚你心底那些無以名狀的情緒？這一切諷刺極了，不是嗎？父親長年窺伺你的結果，竟沒有看到你內心深處最重要的那個祕密：那些你在他書房門前的徘徊模樣，那些你渴望被允許進入父親世界的漫漫時光。

亡靈的世界是否有彩虹？或者父親依舊磨著墨水，在紙上揮毫，再次繪構出一個單色而狹窄的黝暗世界？那些畫面，是否將有層層烏雲綿延交疊，滿佈天空留下深淺濃度不一的灰黑色階？是否將有難解的黝黑色團，如謎語般糾纏在畫面中央，讓人困惑？是否將有，原本只是眼角餘光的陰影，後來化作實際點點霉斑，攀爬在每一個潮濕角落？並且如此生意盎然地，成長擴張？

那是你的創作。展示用的柔和黃光，爲你構築的畫面，鍍上一層金箔。

那些你已控制不來的黝暗頹敗畫面，那些繁複交合色彩，在旁觀者面前，究竟能夠呈現什麼？是否能夠單純以藝術美感與畫面結構去做標準評量？站在自己的作品前，你眼神專注凝視，突然感覺極度絕望。

你此刻才清楚地意識到：關於自己此刻和未來所能做的，除了繼續困惑，可能已再無其他。

我　　　們

一 他們

那是一段遠行路途風景，被遺忘在攝影機腹內許久。

最先是火車車廂向外拍的鏡頭，阡陌田野，深淺油綠色澤，直立電塔錯落其間，彼此接連線路彷彿垂軟的五線譜，掛在湛藍晴朗天空；畫面上疊映著車廂內倒影，頂端兩行正午仍張亮的日光燈，成排絨布座椅，稀疏乘客身影。

記得那日，高照豔陽與我一起從台北出發，隨列車飛行至彰化。臨行前，跟姊說好上車要吃鐵路便當，買個來扒，排骨滷蛋依舊乾瘦，一如往常印象。沒販售完的餐盒交疊叫賣推車上，走道反覆來回，最後只能任盒內飯菜在冷氣空調中失去溫度。外頭好熱的天，路途中我疑惑著，終點那端還未蓋棺的祖母屍身，是否禁得住如此赤熱夏日氣溫？

事情並不突然，搭車前幾天，父母就接到祖母病危消息，連夜南下。最後祖母眞的離開，才撥電話給我們，要我們趕在蓋棺前見祖母肉身最後一面。

幾年來，這不是第一次父母接到電話立即南下。有時跨整夜沒睡，隔日就回到台北；有時則停留數天。我曾跟過一次。醫院病房內外都是親戚，他們低語交談，小有爭執，議論是否應立即將祖母送回老厝善終。我在或坐或站人群最外圍，談話聲中，隱約聽見病房裡祖母呻吟，似乎疼痛。從人與人之間縫隙朝病房內望去，只見病床旁圍著一圈人影，看不見祖母身影。護士進進出出，醫生在一旁與伯叔和父親低語交談。那天我始終沒有進入病房裡，只徘徊醫院走廊與樓梯間靜僻地方。最後確認祖母撿回一命消息，也就離開醫院。

於是當手機顯示父親來電號碼時，毫不意外。聽不出話筒那端父親是否悲傷，只覺得聲音疲倦，彷彿時差兩端，我進入他的眠夢世界。

攝影畫面繼續播放，鏡頭切換，來到計程車上。窗格裡風景跑得太快，繪成模糊線條；沒幾秒模糊畫面終止，忽然藍天遼闊，靜止中只有浮雲飄移。我讓計程車在祖厝外好段距離外停下，步行過去。盡量低調，不想讓人誤認爲是哪個被期盼的重要人物，趕在最後時間點到來。路越走越窄，若有轎車通行，都得停下腳步讓到一邊。兩旁都是稻田，鮮嫩青綠，成片長短整齊，像平頭毛髮直挺。遠處連綿幾面矮牆，裡頭古早三合院建物彼此相連。影帶畫面到此再次停止。

那時我將DV攝影機收進背包裡，彎進其中一座三合院。院裡好多人，躲在中間稻埕臨時搭建頂棚下，用陰影避開飽滿陽光。額頭滴落汗珠，我瞇著眼，見到棚下母親半捲褲管，近乎蹲姿坐在其中小矮凳上，搖大蒲扇搧涼。日頭悠悠晃晃，一時恍惚錯覺，彷若遊子歸鄉。

我向每個迎上的目光微笑點頭示意，依照臉譜翻閱記憶，喚聲對位稱呼；他們面容都看來陌生，然而卻像折射鏡般，換個角度，神韻表情卻又異常熟悉。幾張面孔前我猶疑遲鈍話語，母親連忙接上，說這個是誰誰誰，你小時候曾經與他如何如何。完全在我記憶之外。

這麼久沒見到人，親兄弟走在路上都認不出來囉！我眾多叔伯中有一位忽然冒出這句。延續家業務農、皮膚與腐爛牙齒同樣黝黑的他們，外表與天氣時節共同滄桑，不似在成長半途就選擇遠走北方的父親，像株室內文靜盆栽，與春去秋來無關。我遙想那些攝影機以外的畫面聲音，河洛話的正統腔調清晰可辨，但鴻溝距離外的我，儘管在謄抄回憶的此刻，仍只能呈現自己心底所翻譯出來的字意，叔伯說的一切，只存在他們身上，在那當下與我短暫交會。「對呀好久沒有見到了。」我聽見那時自己，以字正腔圓的中文回答。

這不是返鄉，也並非一個追溯家族史的故事。這是我對自己的挑戰，以及測試。

母親引領我一一見過在座其他長輩，每句問候語都有些尷尬氣氛，其間幾個陌生孩童嘻笑竄梭，該是哪個堂兄堂姊（或者堂弟堂妹），再次輕鬆無礙地爲這大家族又添一員。母親有些侷促模樣，彷彿我的出現令她不安，臉上一直不合時宜地掛著笑容。我想制止母親介紹下去，卻也只是掛著笑，和每位長輩級人物打過照面。我總以爲那眼神交接瞬間，是在彼此臆度對方心裡想些什麼，相互猜疑。

其中有人想起姊，問她是否有來。我搖搖頭，回答她最近人有點不舒服，所以沒來。這樣的話立即在聽者耳朵裡生效，體貼回應不舒服就該多休息之類的，並試探性地問最近狀況如何。「應該還好，只是需要多休息。」我聽到自己說，並將他們可能猜想的，在心中轉了一遍。

一台銀亮轎車輕緩駛進簡樸三合院內，一旁花圃邊停下，亮場般注意力鮮明轉移。下車的是堂哥，長孫身分，年紀幾乎可當我父。長孫之下另有長曾孫，人群目光移向他們，熱絡對談。不再受到目光凝視的我，像跳上岸的魚，一下又一下在乾燥地面彈動身軀，終於離開親戚面前，一躍回到水底。

沉默使人安穩，儘管熱的感覺從體內蒸開，額上噗噗冒著滾沸汗珠。

三合院建物活在時間彼端，紅瓦屋簷尾端彎翹，在浩瀚天空中劃出尖角線條。那時一直注意天空，覺得好藍；背包沉甸甸的，很想將裡頭DV攝影機拿出來拍，將那樣純粹的藍收進畫面，有一天再轉化成文字。

背包裡還有手機，可以按下簡訊，給姊傳遞一些訊息，說他們仍是問起妳，說我心底情緒。但總是害怕逾越規矩的我，仍選擇什麼也不做，呆站原地。

出發前，我曾對姊說：正想寫一個遠方親人離逝的題材。我想知道，自己是否眞能對整件事完全不感悲傷。

二　我姊

「活著沒有交集，死了當然不會覺得難過！」出發前，姊就下了這麼一個結論。

那時父親自南方眠夢中，撥電話給北方的我。手機上按掉與父親的對話後，姊的號碼立即響起。

「搞什麼鬼，電話打給你都不通！」姊標準的暴躁語氣。

「爸打來，他說阿嬤死了。」

「嗯，我知道。」姊回答。父親先打給姊，然後才是我。

話筒兩端各自沉默，彼此似乎都有話要說，但沒人開口。

體內某種偵測器悄悄打開，我極盡感官能事體會如此時刻的每一秒，像專注的科學家躬折身軀，以單眼觀看顯微鏡孔下細胞蠕動。我應該覺得悲傷？或者該感受到什麼？我們都明白生命脆弱，但實際參與眞正葬禮，似乎是兩件不同的事。如今關卡逼近眼前，沉默的停格時間，難以分辨究竟有何感受。時間過去，回憶在重新書寫的此刻翻攪湧動，所能追溯感知的，只有左右旋轉的風扇發出嘎嘎聲響，吹不去滿室燥熱。

姊打破沉默：「我跟爸說我人不舒服，無論如何我都不會下去的。」

聽起來像場遊戲，兩個人討論著誰先跳進一池蔭綠濃稠的水塘裡，用身長測量水深。所謂「下去」指的是到彰化，我父親故鄉，台灣島中段。南下北上本來只是標示地理方位用語，穿插在對話中，倒覺得自己彷彿站在峰頂高處；於是每趟往南，都是攀爬陡峭岩壁，危步而下。

「我在想是不是我也可以不用下去。」

「不可能啦！你要拿什麼當理由？而且，你是男生耶！」

這便是我與姊命運的分歧始點，我們的外表身分。以個性而言，姊才該是男生，而我是女生；我們命運的玩笑。

「南下」是我和姊齒縫間怕人探挖的一處腐洞。我自喉結長全、身高長定，能夠粗著聲音跟父母說：今年過年我要跟朋友去哪裡玩個幾天幾夜時，就不再跟著趕赴遠在南方的年夜飯。姊前年因爲結婚，丈夫老家也同在南方，曾前往過；沒多久姊獨自逃回台北，開始她無法躲藏的陰影生活。

姊個性剛強獨立，很早就經濟自主，成立一間只有自己的繪圖工作室；乖僻性格桀驁不馴，對於幻想女性小鳥依人的追求者，一律拒絕門外。爲人溫順的姊夫以「同鄉」話題做爲開端，與姊相識。姊起初不以爲意，後來形容自由戀愛本就容易沖昏頭，才會輕忽對方背後一大家子包袱。

姊其實並未鮮明意識到自己是一名女性，於是在對方精密運轉的家庭倫理中，註定是個畸零者角色。

婚後第一次過年返家，姊不明白要有什麼本分與責任；所以她仍是在姊夫的舊房間裡看電視，拿著搖控器，一台接一台地轉。夫家住所同是三合院建物，姊夫的房在右段中央，門鎖已壞，門戶半開，偶爾幾個孩童探身進來，偷瞄什麼神祕人物躲在陰暗房內；姊一回頭，幾尾精靈立即消失不見。

姊說，丈夫回家後像另一個人，對她不理不睬，忙著到處與別人聊天，於是姊只好很專心地盯著電視瞧，她說自己從沒這麼認眞看電視，而當時也只有那些電視畫面，能夠讓她相信自己還身處台灣，沒有漂流到太遙遠的地方。

姊是那樣專注，以致好段時間才發現屋房裡其他女性都不見身影。姊試圖找尋她們，結果不是在廚房打點伙食，就是在房間裡哄孩子睡。

姊漸漸明白什麼，知道在晚飯同桌時刻，自己應該怎麼做。姊故意放慢吃飯速度，在一半以上離席後，收拾碗盤往廚房去。幾名婦人團體戰般有默契地跟進，又說又笑自然無比地接過姊的洗碗工作。姊試圖幫忙，想說一句：「我來洗吧！」不過腦袋卻突然打結似的，猶疑起這句話應該用國語或台語講會比較好。後來姊沒想到答案，就直直走回房間，繼續看電視。

姊問：「那個時候，我是不是用台語來講，後來就不會變這樣了？」

我嘆口氣，可是我們的河洛話就是有一股台北腔，也不輪轉，說了只是更糟吧！我想像我姊像個外籍新娘，近乎巴結地使用當地語言，而她們的眼光是否能夠就此放鬆，寬容地將我姊置入視角；或者，只是更暴露我姊是個外來怪物的事實？

怎樣做都不對，姊說自己委屈極了，好想念台北。傳了簡訊給我，我在某間熱鬧的地下室Pub內沒有收到。姊又看了幾輪電視，之後對姊夫說，希望自己可以先搭車回台北。

於是有了爭執，姊夫態度反常堅硬，姊氣丈夫不為她著想，兩人房裡口角。房門仍是半開半闔，有多事者經過，聽在耳裡，跟姊的婆婆打起小報告。細微小事引爆波濤情緒，突然整座三合院震動，眾家親戚聽堂中團團圍住姊與她的丈夫，兩人戲劇化地面對著姊夫的母親。母親眼淚已爬滿風霜的臉，說孩子一年沒能見上幾次面，難得團圓日子急著走，是否連母親都想不要了。剛強如姊，最終也跟著流下眼淚，與一旁丈夫雙雙跪下認錯。

隔日睡醒，姊不管眾人批評眼光、嘴上鋒利言辭，逕自收拾行李，用電話叫了台計程車，將自己塞進車門內，頭也不回的離開。

回到台北後，姊撥了電話給我；時刻已過正午，我還未完全清醒。姊劈頭先罵昨天傳簡訊打手機爲什麼統統沒回應，責怪她的婚姻生活全部都葬送她親弟弟手上；氣過之後，大過年沒什麼地方可去，我和姊約在百貨公司頂樓一起用餐。

「這個婚我離定了！」姊如此說。

從年幼至成長，少見姊眼眶如此紅腫，情緒如此激動。我陪著姊一同罵姊夫不是，除此之外，竟沒有其他能說出口做爲安慰，兩方在激罵熱潮消退後，漸漸歸於沉默。沉默是我與姊常使用的語言之一，它不代表無話，也不一定能被對方瞭解；它比較像是已達臨界點的飽滿杯口，張力下漲成突出弧狀，靜止在滿溢邊緣。

姊說，那群人實在太戲劇性了，一定是連續劇看太多的結果：什麼大嫂也哭出聲指責他們不孝，或舅公跟著兩人下跪說自己教導不當（干他什麼事？）姊緊抱委屈入睡那晚，覺得一切眞是虛情假意，尤其自己含淚下跪那幕，做作至極，我們從未做過如此強烈的表達動作。

沒多久在南方過節的父母立即來電，姊直接關機，最後都打到我這。姊的事很快在老家傳開，父母備受壓力，話筒那端語氣有些著急。

「說我想不開，去自殺了啦！」姊極烈回應。

據母親說法，姊的事在過年期間成爲一則大家談論的新八卦，什麼女兒要是管不動長大就是不孝，或母老虎恰北北最後還會跟婆婆搶兒子之類的。姊聽到我轉述，既憤慨又難過，彷彿左右兩個族系才是同一家親，在其中的我們，只是兩個生壞的孩子，兩粒未能收成的扭曲果實。至此，姊決定與南方切斷所有關係。

其中切不斷的是婚姻。姊夫回到台北又恢復乖巧模樣，與整理行李準備離開的姊拖拉許久。後來姊發現自己已有身孕，一切標準重新衡量；最後訂下協議，姊願意維持婚姻，但每逢過年過節絕不南下。

但姊心底還是在意的吧！每每要我打聽搜集家族聚會中是否有任何關於她的閒言閒語；細微如耳朵癢之類小事，姊都是電話直接撥向我的手機。

「他們聽到我懷孕有說什麼嗎？」姊問。

「我不知道，媽沒有說。」我回答。

我與姊多以電話連絡，在那段姊初次懷孕的前幾個月，尤其往來頻繁。姊每通電話來，抱怨與打聽都問過後，也常聊起我的生活近況。

姊是家裡唯一知道我在寫點東西的，和她繪圖形式不同，沒那麼具有生產力，筆劃間總需停留，成品也未必都能置換謀生金錢，不似姊每張插畫，不管好壞都有費用可收，之間極大差異。

語調裡，姊狀況越來越佳，南方揮之不去的陰影似乎告一段落。

某日姊打了電話來，語調卻不似之前輕快，說剛產檢完，心情很差，要我和她喝杯咖啡。

我請了半天假，與姊相約在一間午茶餐廳。

精緻的甜點與茶飲，混合午後悠閒面前輕晃，姊沉重地說出產檢報告內容。

「你聽過地中海貧血嗎？」姊問。

「沒有。怎麼？」

「我是地中海貧血體質，你應該也是。」姊無奈語氣。

「所以？」

「哀，這是家族遺傳。其實也不是病，不會有什麼太明顯的症狀；但如果要生小孩，麻煩就大了。」姊有點苦笑地說。

測驗出的結果，並不止姊身上血液有問題，姊夫同樣是地中海貧血，全台灣百分之五比例中的一員。簡單地說：兩個地中海貧血的父母，生出重度貧血的機率是四分之一；而胎兒要滿三個月，才能透過羊膜穿刺判斷是否為重度貧血胎兒，其後再選擇是否人工流產。

姊說話時，我總忍不住將眼光飄移至她尚未隆起肚腹，裡頭小小生命性別都還沒確定，卻已背負太多問句以外的沉重。我說：應該不會被我們遇到啦！哪有那麼巧的，用數學機率在姊面前算過一遍，說服姊不要多想。話一出口，姊沒有回應，空洞語句僅自光亮玻璃桌面滑過。

兩人之間，又是沉默。

我明白姊，她可以為爭一口氣，切斷背後所連結的龐大身世，包括我們的，她夫家的。然而我們體內流動血液，卻像一則飽滿隱喻，暗示這中間必然有些成分，我們終其一生也無法抹滅。

只有時間知道答案，姊能做的，只是當個承載問句的容器。她深深嘆息，我低頭繼續喝著杯中飲料。

人事已盡，姊例行閒聊起我的近況，問最近在寫些什麼。

「妳不會想知道的啦！」姊對文字沒有興趣，圖象才是她的語言。

「不說怎麼知道。」

平常我總是迴避，那日卻不明所以地老實回答：是一篇小說，關於性與愛分離，一名女子煉金術般在男體汗水蒸騰間尋找愛情，味道濃烈。

姊聽了只是笑，原本凝止在半空中的氣氛微微搖晃，這才感覺胸腹前鬆開一些什麼。

「你不是說，小說一定要有能讓你從心底感受到什麼，才寫得下手？這一篇是什麼？」

我跟著陪笑：「沒有，只是隨便寫寫，說不定不成篇的。」

三　我們1

我大學畢業後，等當兵通知書的那段日子，每到週末夜晚、小週末星期三，甚至任何生日、到職、失戀等能慶祝或不能慶祝的大大小小事由，總和一群熟悉或陌生的朋友，徘徊夜店酒館。

樂聲節拍擊打，我躲身昏沉暗紅角落，或閃爍白光下發癲狂舞。仰杯水酒入腹，塵封的人際關係芝麻開門；身旁連全名都拼湊不出的半生半熟朋友，微醺眼中都是血濃至親，喧鬧裡互相擁抱，貪戀彼此間的肢體互動。

酒精是啓開大門咒語，通往深不可知的世界；醉了就能將平常肩負著，統統卸掉。酒館裡音樂與沸騰人聲混雜喧鬧，每店調性相異，穿迴於亮起夜燈的師大路，搖滾、饒舌、爵士藍調與翠綠行道樹一字併排開；或靠近東區些，lounge bar 沙發軟調節奏音符，沉浮慵懶暗影之中。樂聲裡能哼上幾句的，跟著旋律搖頭晃腦。

各酒館樂風雖異，但多半都是英文歌曲，連綿在未曾止息的節拍裡。好奇怪，仿若入境隨俗，我等醺醉酒客在喧囂玩鬧頂點，脫口而出的總是英文，彷彿我們不懂這些話的中文應該怎麼說：

「I really love u guys ……」

「u r my best friends ……」

「actually I like her for years ……」

不需繁複文法，初中程度基本語句，即夠表達濃重情感。然後擁抱；然後一起搖頭晃腦。總是晨光乍現，黑影交界靜悄移步，大門才又闔上，與星光一併消失。來回擺蕩間，身體歷經輪迴疲累，彷彿墊腳跋涉一趟遠山遠河。

重回清醒時分，見證前世糾纏情節，我訝異自己和其他肉體曾經如此近距離接觸、嬉戲、擁抱、親吻，並且宣告本來自己也不清楚的情感。夢境般輕薄泡沫，一頓日間沉睡後，又能全部不算數，只留下頭顱內持續作響的宿醉疼痛。

疲乏至極，各式疑問句堆疊。為什麼與別人肢體親密接觸後卻格外空虛？為什麼酒精昏眩退潮過後我總拒人千里？為什麼我不喜歡自己？這一切的一切，我究竟在追尋什麼？

我在沒有出口的時候書寫文字，不是解脫，是鑽進更窄更深的死胡同裡；每個字寫來，都像頂一盆滿溢的水行走，恐慌腳步。

我打電話給姊，誇大其辭地說：「我不想活了。」

姊說：「我連個屁都生不出來，我才不想活了。」

運勢欠佳的賭徒，連續三次厄運鬼牌纏身。

姊首次受孕賭注，肚腹尚未隆起，還來不及經歷四分之一機率檢驗，莫名流產。而後數月再次受孕，原本無神論者，開始行走南北各地耳傳靈驗廟宇，以偏方護衛胎氣，無奈掉進賭輪的四分之一機率，以人工流產方式送走擦身而過的小生命。其後好段日子，我說服姊提起信心，說人倒霉也有極限，連續三次失敗機率太低，應該再給自己機會。經過一年半休養，姊通過機率檢測，安然踏在四分之三區塊上，終於能歡心購買孕婦裝，甚至嬰孩用品。然而距離預產不到幾週時間，比四分之一小上千倍的機率，胎兒臍帶繞頸，窒息腹中，最終仍未見到天日。

姊說，她於是懷疑，這或許是某種因果報應。

姊的生命因為那趟南部之旅（以及其後重大節日返鄉時節，或她婆婆每年跟著老人進香團北上遊覽的三次見面機會），徹徹底底翻了好幾滾，最後重心搖搖晃晃地落在生小孩這件事情上。對姊來說，懷孕這件事已不僅是生育下一代的開始，也是向那群無法諒解姊是另一種女性模樣的他們，昭示自己母性本職的機會。姊以為，自己必然是背逆了某種女性命運的自然道理，才會受到如此待遇。

後來我也不提機率了，反而心底比較坦率地講：「我看別生了，仔細想想也不是每個小孩都想被生出來，就像我們。」

這幾乎是我和姊所有對話的最末終點，推本溯源極限，我們並非自願來到這個世界。姊說，事情沒那麼簡單，要是真的能不生就好了。那麼多人在看，夫家是不是真的會因此斷後也說不定（不是還有其他兄弟？）而且不甘心被當一隻生不出蛋的老母雞，真的離婚又像自己是件瑕疵品，因羞恥心而主動提出退回商場（家族裡被生壞的畸零孩子？）。

從小到大，姊身上所散發出氣勢總是遠勝於我；我始終覺得自己像個跟班角色，看著姊無所畏懼地向前開路；雖然帶點霸氣，有時還回頭欺負已臣服的小弟我，但仍是給予一條已開發的安穩路途行走。或許正因如此，遇上姊無法完成的事，感覺似乎會比我受到更多傷害。懷孕生子已經不止是懷孕生子，彷彿接近我們始終難解的某個核心。

姊說：「原來生小孩是這麼回事。」

姊幾次小產，家族裡總能聽聞風聲，對於手術時間、病房號碼瞭若指掌。並不意外，所謂家族裡沒有祕密，我們從小便明白其中道理。麻煩的是許多禮貌性拜訪，姊說，平時不常見面的親戚們在這個時間點探望她，感覺很不自在。躺臥床鋪上的姊，沒有能力阻止姊夫開門，也無法下床從窗戶溜走，於是全程假裝昏睡，一心只想把棉被蓋在臉上。

我是等姊離開醫院後，才到她居所探望。當然姊又是劈頭先罵個幾句：「你這個沒用的膽小鬼！居然沒到醫院幫我擋人，讓我自己一個在那邊裝死！」姊一邊講，手裡一邊拆開親戚送的乳酪蛋糕，切了幾片放在瓷盤上，朝桌上擺去。我轉向姊的廚房，拿起茶包奶精準備沖泡。好像每次見面總得跟吃食相關，咖啡館、美食街、速食連鎖店，甚至回到住所，也得備妥茶點才能開講，彷彿害怕面對兩人直接對話空隙。

姊說，我和她平時閒聊家族是非的程度，實在只能算初階再更下層。在姊那些二聽見腳步聲接近即歪頭閉眼，像一個人在病房內上演獨角戲碼的劇場時光，那些她只聞其聲不見其人的親戚（姊還眞的在他們來訪時全程緊閉雙眼），結夥魯莽地闖進沉靜舞台，用極其細碎但全場觀眾都能聽見的音量，耳語交談：

「怪病呢……」

「對呀……不知道是做了什麼……」

姊形容自己簡直想當場死人復活彈跳起來，拿起拖鞋往每人頭上狠狠一記（包括她那竟不多作解釋的老公）。原本只是倒霉賭徒，卻被形容成有罪病人；所謂遺傳性疾病，在那間病室裡，好像只與姊相關。姊想起自己的因果報應論，一時自責，卻又不清楚做錯什麼。

我心想，那些片斷語句前後所接連的，或許僅是某種無意喟嘆，像不知如何解釋命運般胡亂言語，而並非大老遠趕來，眞的只是爲了將病床上的姊標註爲「怪胎」角色，且給予羞辱。但我沒有向姊這麼詮釋。我說，這些人都是笨蛋，搞不清楚自己身上所流轉血液，就是他們口中的「怪病」（但不是只有一次小產才是因爲這個原因嗎？）如此說的同時，聲響迴繞空空洞洞的，一時似乎意識到自己與姊所身處的發音位置：好像在人口喧鬧地球外的遙遠太空，兩個結構、本質相異的圓體星球，各自在荒蕪銀河上孤獨旋轉；偶爾接上角度，打了個照面，看彼此一眼，短暫地以爲相互結伴，然後在繼續旋轉的視界裡，消逝不見。姊將自己血脈與另一支流締結後，她的星球便失去運行牽引力，發出巨大轟隆聲響，無可挽救地扭曲歪斜。

我想起曾經我與姊的童年，總是只有我們兩人留守家裡的陰鬱午後。我陪伴姊玩自製紙娃娃，玩殘缺不全的象棋或紙牌，然後時間一到打開電視看小甜甜或喬琪姑娘，甚至更晚些的：一代女皇武則天。有幾次我們勤奮地打掃屋房，想給晚回的父母親驚喜，滿身汗水，然後一起洗澡，大玩潑水戰。外頭乾淨，浴室裡頭一片濕亂。玩過頭急忙收拾，害怕本來應得的嘉許變成責罵，但父親母親總是比想像中還要晚歸。

姊繼續數落著那些虛僞角色與無能丈夫，小產後少數活力旺盛狀態，恍惚感受到，她在童年時帶我行惡或爲善的源源衝勁。

我問姊，如果能夠選擇要不要被母親生下來，會做怎樣決定。

姊想都沒想就脫口回答：「那還用說，當然不要。」

四 我

在姊與生命機率搏鬥之時，我正以同一遺傳性疾病做爲原因，向我所屬的戶政市公所提出免服兵役申請。

那段過程長達年餘時日，我由原先與家族間的冷漠疏離，變成完全拒絕往來。並非刻意決定，最明顯感受到如此情緒，是有回和友人醺醉在忠孝東路某間六樓 Pub，下電梯時，瞥見隻身北上發展的堂哥從街邊晃過，連忙將自己塞回門已半闔的電梯之中，又跟著攀回酒國熱舞樓層。好段時日我都這麼告訴自己：那是因爲我已成長，明白價値觀不同不相爲謀，一切沒有什麼。

申請免服兵役的事沒對任何人提起。等兵役通知的漫漫時光裡，除了夜晚歌舞昇平，就是讓自己困在書寫之中。

漸漸我比姊還要封閉，能不回家就不回家；眞的回到家了，能鎖在房門裡就鎖在房門裡。如此姊問起一些家裡的事，我已無法回答。有時還是姊來告訴我發生些什麼，大多都是姊聽到後不想悶在心底才講的，我通常不想知道。什麼誰考上研究所，誰當兵回來後從工廠學徒變成老闆，還有那個誰誰誰問起我怎麼還沒當兵要不要主動去問問看之類的。這些事我都不想知道。

幾次姊和我聊起「冷漠」這件事。姊說她自己還好，本身個性就衝，與任何人不合，不至於太難想像：「倒是你，平常溫溫順順的，但說消失就消失，好像隨時頭一轉，就能永遠不相往來，誰死了都跟你無關。」我冷淡回應：哪有？只是大家生活圈重疊部分眞的很少，而且都很需要擁有自己的空間……

我對姊說話時，總感受到一股壓抑，好像永遠無法把情緒說明白，取而代之的是更多遮掩。明明想解釋什麼，例如：要是眞的能不在乎就好了。但我沒有，僅是空洞沉默。或者我曾經稍微放開，說些微醺氣味的眞誠話語，卻感覺姊一臉狐疑困惑，眼神放空，彷彿接收到的是一組無解代碼，不是我們之間所能溝通的語言。

「你長大好像變成另一個人似的。」姊說。

姊提起一些舊照片，在那仍執著單眼對焦照相技術的年代，每張相片都帶有昏黃柔光，好似一層薄膜，將裡頭完好時光妥善包覆。那些照片被母親收藏，裡頭許多我和姊年幼時模樣。好奇怪我們逐漸長大後，開始不讓家庭相機捕捉身影，相片僅止停留在最早期的舊日時光。

姊說：你看你小時候相片裡的模樣，多黏人多可愛，怎麼長大變成這副德行。姊指的是，那個復古風年代裡，我小灰色尼龍西裝打扮，剪個像全罩式安全帽的西瓜皮髮型，在各式不同背景（公園、客廳、遊樂場、海濱……）像麥芽膏黏附在母親身上，玩親親抱抱的往事圖象。姊的相片也不少，多半是獨自在某個風景前擺些誇張逗趣姿勢；幾張是我和姊的合照，不是我乖乖站好而她打著醉拳，就是她一臉笑意，手臂勾在表情低低微笑的我的肩上。

那些記憶，彷彿未曾跟隨著成長時光延續，斷裂在一張張薄紙畫面上。好像一個人生命，能被拆解成兩段毫不相關的時光。

姊還提起，記不記得小時候被爸爸打的事情？

姊一件又一件描繪，我年幼嬌小肉身因爲做錯事被父親打的模樣；我說差不多都忘了，印象比較深的，其實是姊同樣因爲做錯事而被打。至於什麼時候開始，父親就不再用肉體上的痛楚來管教我們，想不起來。甚至無法追憶，那些被打的理由是什麼？（是我們不寫功課？是我們太調皮貪玩？或我們偷竊？或僅是那麼單純地，我們並非父母所預期的模樣？）

成長猶如睡夢甦醒，記得發生很多事，卻常有大片空白想不起來。彷彿睜開眼之前，宇宙曾有一次猛烈爆炸，當我們從混沌夢境斷離時，睜開眼竟是孤伶伶地站在一片荒蕪寂寥境地，成爲一個無父無母無親無祖的個體。

如此不確定，那些不可知的是否未曾離去？是否緊緊扣在最關鍵最核心的暗底深處？

我從來不是個能解決困難問句的人。酒後的我，神智不清，是壞處，也是好處。那些長期酗酒者（我未來模樣？）或許並非酒精中毒，只是害怕面對所謂的清醒時刻。

那段等待兵役體檢血液化驗結果的時日，我試圖將自己那些神智不清的夜晚所發生的，用文字予以整理。我用濃烈的性愛字詞表達人與人之間關係，越寫越覺得太過浮面，而最明顯突出的，只是那欲蓋彌彰的拙劣技巧，以及背後揮之不去的焦急心情。

有時若無法書寫下去，便拿起在大學時代，姊開始有收入後所送的ＤＶ攝影機，隨意拍攝。原本只是個價値昂貴的生日禮物，在這般書寫焦慮之中，卻像個姊所提供的特殊安慰。告訴我一切尚有轉圜餘地，讓我能將那些還無法轉化爲文字的，暫時收錄在影像之中。

終於某個同樣宿醉頭痛的日晨，我收到兵役檢驗報告。裡頭明列我血液各項資料，血紅素偏低，標準小球性貧血，在地中海一帶極爲普遍的遺傳性疾病；依兵役法歸定，役期得以減免。

我反覆看著通知書裡內容，那一刻鐘，不知爲何，我突然對自己感到深切厭惡。

五 我們2

關於我決定南下，姊無疑是萬分驚訝的。

祖母過世當下，我已累計寫了不少和肉體與性愛有關的篇章，正爲空洞與離題感到疲乏。於是當父親聲音譜成祖母死訊之時，或許只被我當作開挖痛處、直擊要害的某種書寫契機。甚至我冷酷地想，藉此在一旁觀望自己，面對一場直系血親的喪禮，是否眞能不感悲傷？

我對姊說，就當我是爲了寫篇小說前往取材。

決定之後，姊曾經猶豫一陣。某方面可能只是單純地想，我們兩人彷彿出遊般，在飛快前行列車上，看著窗景外流逝風景，叫兩個與回憶相連結的鐵路便當，大口大口地吃，品嘗舊日遠行滋味。後來姊選擇放棄，只託我帶點錢交給父親，說錢到等於人到。

我明白，我的出現是突兀存在，一撮翹起來壓不下去的髮。不能歡笑，這並非歡愉時節；也不能悲傷，於我這個相較下顯來陌生的局外人（怎能和朝夕相處的相比？），任何哀戚都是多餘矯作。而在成群親戚之中，是否有人心底會冒出這般輕蔑問句：「人活著的時候不回來，現在出現有什麼用？」或「那個身體有毛病的最後總算知道要認祖先了。」（或者都只是我恐慌中的被害妄想？）

我輩長孫到場後，我爲親戚們的目光能不再集中自己身上感覺鬆口氣。我見到嬸嬸堂姊們，拿著喪衣協助長孫堂哥與長曾孫換上。像劇場舞台演出，主角若登場了，小嘍囉就避退到陰暗處，當作人牆背景。

母親走近，將我自人群帶離，引領我見的最後一位長輩，廳堂裡等待入棺的祖母。

進入三合院中央正廳，地板上架高一塊長木板，祖母屍身戴金戴銀穿著華麗，平躺上頭。廳堂一角擺了台唸佛機，反覆唱誦一句：南無阿彌陀佛。

祖母往生後的表情，仍是一排鮮明金牙表露，在世時得刻意收合才能閉上。類似的略暴前牙也出現在父親、叔伯們、堂兄，甚至我的面貌上（怎麼剛好都是男生？），清楚血緣表徵。

姊安慰地說：你是其中看來最不嚴重的，多虧我們小時候的先見之明。懂事以來，因爲全新信奉的價值觀（相信容貌是將來人生方向指標），或刻意抹滅某一類似族誌印記，我和姊在成長期時，急忙在身體定型前，各自進行且互相勉勵著一套自助整型手術。我的部分是用舌頭將前門齒儘量往內推拉，尤有甚者，用手指去按去推，直至牙齦發疼；姊則是拿曬衣夾，將鼻樑往衣夾裡塞，爲了讓鼻型更爲直挺，拿下時幾乎瘀青。最後，依照姊的講法是：我們就會比其他人離那「原型」遠一些。

母親走近祖母身邊，用河洛話介紹我。我向前走近，母親拾起我手，以我兩手掌心包覆祖母右手；母親口裡喃喃說著，祖母在天之靈，要對我好好保祐……

那是一具冰涼屍身，甚至僵硬。唯有從死亡才能明白，所謂存活，就孕含在豐沛飽滿的肌膚彈性中。我握著祖母冰冷的手，手背是母親掌內微微帶汗暖意。我看著祖母的臉，不過像是睡著，只是被戲弄穿上古代衣裝。

死亡如此貼近，而這不僅是我第一次觸碰已身故軀體，其實也是我第一次和祖母身體有所接觸。

姊猶豫不決是否與我南下時，最後想到，就算祖母天上有靈，在我們身處一旁祭拜時，恐怕也叫不出我們的名字吧！一想到這，姊毅然決然放棄。

那是一個習慣生很多小孩的年代，祖母一連生了八個男孩。年節時分廳堂裡總是熱鬧，小朋友沒有位置可坐，到處亂跑亂撞。年夜飯後，嘈雜地聚攏，讓祖母分發紅包。然而在一片歡樂氣氛中，靜默的姊和我相信，祖母手上那疊厚厚紅包是經過極精準的計算排列，配合記憶中對兒孫的分門別類（很喜歡；喜歡；普通；討厭；很討厭），放進數量不一金錢。每年固定只拿到兩百元的我和姊，心底猜想我們連「很討厭」可能都稱不上。祖母發放紅包到最後，手頭總會留幾個，然後塞進褲袋，我們手上紅包，或許就是祖母避免發生漏給情況而準備的預備包。

我心底想著姊說的話，要是連我的全名都叫不出來，我又該如何為祖母的消逝感到悲傷？天氣如此炎熱，乾渴的我突然想起猛烈調酒滋味。

炎炎夏日，埕裡人人在折紙錢蓮花。一旁道士法師與叔伯們交辦事項。時辰將至，蓋棺儀式就要開始。

燥熱天氣，棺材裡鋪層幾乎彈簧床墊厚的衛生紙，吸屍水用。黃袍法師指揮搬運工將棺材搬進廳堂裡，然後要叔伯們協助將祖母入棺。廳室窄小，除叔伯們以外，也都只能在外頭聽裡面聲響（誰負責抬祖母左右腿，而誰要協助抬起時扶住祖母頭部）。

入棺完成，黃袍法師要大家輪流進廳堂，見祖母最後一面。順序先是子，再是孫，曾孫在外雙手合十；入室圍肉身繞行三圈，口中唱誦阿彌陀佛。

身為孫字輩，我站在廳堂外等候。我見到父親母親，以及那些同樣滄桑面容的叔伯嬸嬸，川流入室，繞行祖母。每張被歲月刻蝕的臉，爬滿眼淚，用泣不成聲的腔調，發音不清地唱著：阿米陀佛。一遍又一遍。接續是我等輩分入場，我望著已入棺的祖母，和眾人一致，不間斷地唱誦阿彌陀佛旋律。

蓋棺時刻到來，一旁道士法師嗩吶聲高音揚起。至此，我再忍受不住，源源淚水自雙頰滑落。我不明白自己為何掉淚，或許是，看到父母老淚縱橫模樣（畢竟很少見到父母流淚），或者，僅是整個喪禮儀式所帶起的悲傷氛圍。我的眼淚無法止息，站在人群最外圍，我不斷伸手抹去臉上淚痕，卻又隨即劃上新的。

我想起，這並不是自己第一次經歷生離死別。姊第三次小產，那個已成型卻因臍帶繞頸窒息的小男嬰；我們曾為他取好了名，還尚未有叫喚機會，即必須讓他沒有葬禮地離去（最後是交由醫院代為處理）。

產前幾週，姊有幾天感覺不到胎動，到醫院檢驗時，才發現臍帶繞頸，已是死胎。姊夫打個電話簡短和父母告知一聲，其後再撥手機過去詢問，卻已全數斷訊。我連撥數通電話沒有回應，直接奔赴姊的住所，以她預防萬一給我的備份鑰匙闖了進去。屋房裡許多嬰孩用品：嬰兒車、奶瓶沖洗器、幾大包尿布。我打開姊臥室房門，幾件嬰孩純白衣裝摺疊整齊，擺放五斗矮櫃上頭，一旁還擺了幾罐嬰兒爽身粉與粉撲。

當時我一個人呆坐在姊客廳沙發上，覺得一切如此戲劇化，太過虛假，以為姊若出現，必定會笑到彎腰，說：隨便開個玩笑你們居然也會相信，真傻。但姊沒有，她在進家門時，雙眼紅腫，一見到我，兩行眼淚直直落了下來。那時姊隆起的肚腹裡還懷著嬰孩屍身，從醫院回來稍做收拾，馬上就要趕回去做死胎生產。我跟著姊哭泣，站起身向姊走去，擁抱住她。

我哭著說：「這不是妳的錯。」

那是我和姊離開童年時期後，唯一一次擁抱。什麼時候我的身形已高過於她，而與姊擁抱，竟已是如此生疏、不自然的感覺。

姊讓我擁著，沒一會兒便緩緩將我推開。姊止住眼淚，通紅著鼻哽咽地說：「他不想要我，我也不想要他了。」

同樣一句話，姊在事後數週開始用堅定語氣（甚至戲謔的）重覆宣告眾人，昭示她的復原。此後我便說服姊不要再生，或等久一些。但事後我們任何談話，對於那天我與姊的擁抱，卻沒有隻字片語提起。彷彿一個不合時宜的越界動作，一種翻譯之外的異國語言，我們之間沒有因此變得更親近，也沒有更爲疏遠。那距離就像是，兩個結構、本質相異的圓體星球，各自在荒蕪銀河上孤獨旋轉，偶爾接上角度，打了個照面，短暫地以爲相互結伴，然後在繼續旋轉的視界裡消逝不見。

從祖母葬禮離開的回程，火車上還在想如何向姊形容這整件事，姊的電話已先撥過來。

「結果怎麼樣？」姊問。

「哀！妳一定不敢相信。」

「怎樣？」

「結果，阿嬤在蓋棺的時候，我哭得死去活來。」

「哀呦！」姊頓了會兒：「你這個人也太做作了吧！」

「對呀。」我有點不好意思地回答：「他們一定會覺得我這個人很假仙吧！」

「眞的。」我能想像姊回答這話時，搖頭嘆息模樣。

兩人又是沉默一陣。

「那你有打算把這件事當成小說題材來寫了嗎?」姊問。

我在手機這端,偏著頭想了想,回答了姊:

「不了。反正寫出來也只是個矯情虛假的故事,我看還是別寫了。」

後記／小說刑

譽誠：

我今天回家拿安好太歲的衣服，湊巧遇見老爸在家，他說你主動提起小說準備結集出書的事，嚇了我一大跳。晚上我在電話裡和三姊提起這事，一致認爲：你眞的很猛！

記得你曾說：若眞能出書，一定不會讓我和三姊以外的家人知道。結果你自己打破這項規則，害我們這陣子回娘家還刻意迴避你的話題，回想起來眞像白痴。

但你不是笨蛋，不會給自己找麻煩，這麼做或許別有苦衷。我們推想，或許是因爲：最近家裡都沒有你的掛號（有掛號就代表你又得到什麼文學獎了），而你每回難得出現家裡，這事又總被父親當作問候語使用（吃飽沒？這星期六有要値班嗎？怎麼好一段時間都沒有你的掛號信？）；而且，若那麼剛好，同一時間又被問起怎麼還沒有結婚對象，要不要幫忙介紹那個誰誰誰的女兒時，你只好把「小說準備結集成冊」這件壓在心底的祕密，在茶餘飯後閒聊話題中，拿出來頂一頂先，暫時轉移焦點。

關於這事，我不知道你對老爸說明多少，但顯然他仍有許多困惑。怪我自己演技不夠好，沒能裝成自己也是第一次聽到消息的天眞模樣，結果被迫回答一堆老爸不敢直接問你的問題。老爸問：他搬出去住就是在忙這些事嗎？（我回答：大概吧！可能你們看電視太大聲影響到他寫稿。）又問：寫出來的書，是要放在書店裡面賣嗎？（我回答：應該吧！放在公用電話上面送人可能太大本了。）又問：寫一本書可以賺多少錢？（我回答：大概比他一個月的薪水還少吧！老爸聽到，「蛤」一聲超大聲的）又問：所以這是他的兼差嗎？（我回答：不意外吧！他賺錢的速度總是很沒效率。）最後，老爸問：那妳知道……他在寫些什麼嗎？老爸問得很小聲，可能心虛自己未曾實際瞭解：你到底是用什麼，換得那些掛號信來訪？而聽到問句的我，冷汗直流，頓時不知該怎麼接話。

哀！都怪我曾經過於好奇的個性，也怪你沒事幹嘛集中留存自己作品（是太有把握家裡不會對那些書籍、雜誌、舊報紙感興趣？或者是個試圖被動溝通的誘導陷阱？）每次回娘家吃飽喝足後到你房間閒晃時，總讓我不小心注意到那些文字……

該怎麼形容？你所描述的那個世界……

那些禁忌議題，那些黝暗悲觀、腐敗墮落的場景畫面，裡頭有多少是取材自你眞實人生？那便是你一路走來所經歷的嗎？（或者，那些只是你對於文學小說的創作想法？與實際生活並無相關？）明明我們在同一環境成長，所看到的人生風景卻是如此不同。

我看著你的文字，感覺像在面對一場零亂夢境。夢境裡，原先各種完整素材，都已誇張地扭曲變形。包括那拘謹的西裝上班族模樣（你不是都揹包包穿牛仔褲嗎？）那對於極限經驗的奮不顧身（印象中你來我家一直都是看大愛電視台啊！）那關於年幼時期的痛苦記憶（老爸老媽明明就把你這個老么當寶貝來寵！）那孤獨絕望的脆弱姿態（甲蟲不是一直跟你住在一起？）……還有，兩位地中海貧血患者現實生活裡的小孩可能會是重度貧血，你怎麼寫成我第一次跟你講錯的唐氏症？屆時出書給別人錯誤訊息怎麼辦？（你好心腸的編輯會幫你改過來吧？）……這一切一切，讓人似曾相識，轉眼卻又遙遠陌生；其間的劇烈搖晃，讓我像暈車似的，全身不對勁……

我眞不想對自己親弟弟這麼講，但是，看你的小說，眞是一場痛苦的閱讀經驗！整個過程，好像在承受某種凌遲刑虐，但若想進入你的文字世界，卻又無法逃開，只能一刀一劃接受。

這般極烈的作品（其實我眞正想使用的形容詞是「莫名奇妙」），若沒有在報紙的社會新聞版面出現，照理說不會被老爸看到，也就相安無事。偏偏這下你要出書了，還主動告知老爸這個消息，眞的只能用「很猛」兩字形容。你也知道老爸這個人，最近期接觸的文學讀物，可能還停留在《荒漠甘泉》那類老蔣時期書籍；若老爸仍用文以載道的傳統標準看待你的小說，他老人家腳上的痛風問題，恐怕會越來越嚴重！

所以，爲了老爸健康，今天遇到他問起你在寫些什麼時，我只得委婉回答：可能是藝術吧！讓人看不懂的那種。

我以爲自己順利打發問題了，結果老爸不知發什麼神經，居然喔了一聲，說他還滿想看看藝術小說長什麼模樣（是因爲我用「看不懂」形容，激起了他的挑戰慾望嗎？），說不知道你是否會帶一本回家，或者屆時巷口書店能夠買得到？然後，我才恍然發現，自己可能誤導老爸了！讓他以爲你的作品，將是一本可以拿到親戚朋友面前，說：「這本書是我兒子寫的喔！」

的，不論精神內容爲何物但總之是令人引以爲傲的，優良課外讀物。那，那就眞的誤會大了！

哀！你一定要相信，我並非刻意貶損你，只是你所呈現的文字世界，再怎麼看也不會是「父親出門伴手禮」的合適模樣，若眞被送出去，大概也很難得到親友認同。你能想像嗎？哪天老爸突然發起失心瘋，決定極有耐心逐篇閱讀你的文字，最後，他會看見什麼？他還會以你爲榮嗎？他是否能夠接受，你那不爲他所知的許多黑暗面向？（我的老天！你該不會天眞地以爲：老爸在看完後，會拍拍你的肩膀，說他完全懂得你在做什麼吧？）

是我想太多嗎？難道你在書寫當下從未想過：作品發表後，別人會用什麼眼光看你？你難道從不擔心，別人會怎麼臆測你的身分？會給你貼上怎樣的標籤？（或者，那些就是你所期望見到的？）最重要的是：這樣內容的書，怎麼可能會賣？我不明白，爲什麼你不寫一些快樂題材呢？你平常還滿搞笑的啊？（難道你所感受到的生活，眞有那麼痛苦？）

不過，現在說這些也太晚了。總之，老爸準備看你新書已是個不爭事實，想想後續怎麼收拾這個家庭問題，比較重要。

於是，晚上回到家後，在幫我女兒餵食與洗澡空檔，我花了些時間仔細思考，並打電話給三姊討論，想到幾個點子，覺得還不錯，所以在夜深人靜（沒有女兒在旁邊打擾的）此刻，寫封 e-mail，供你出書時參考：

第一，我們建議你，不要用本名發表。

換個虛擬的名字吧！跟你作品比較相符合的（你不覺得你名字的原本字意，和你的作品內容，兩者差距很遙遠嗎？）。這樣大家都會比較自在些，老爸也比較不容易找到你的書。譬如：你可以改姓「徐」？（抱歉我知道的作家不多，但之前電視劇《人間四月天》裡，黃磊演的徐志摩感覺還滿有氣質的，說不定你可以走這個路線。）

第二，不要在書上感謝我和三姊。

你曾經提過，想在書裡特別感謝我跟三姊，以及啓蒙你文學創作的高中老師。這美意，我們接收到了。但若我們名字出現在書上，第一個匿名發表的想法不就白搭了嗎？而且，仔細想想，要是眞有認識的親朋好友，對我們指出你書上那些感謝字句，其結果讓人起雞皮疙瘩程度，可能不是我和三姊所能承受。相反的，啓蒙才是一切源頭，曾經你老師只是從你牢騷週記發現一丁點寫作天分，就願意特別鼓勵你，爲你引介文學世界，其出發點之良善，讓我們這些文學絕緣體也爲之感動。所以，我們認爲，這個位置應該完全給你高中老師，才能算是表達足夠敬意。我想你會認同。

最後，爲了表達我和你三姊的小小心意（或我個人造成老爸誤會的歉意），我們打算在你出書後，到老爸生活動線會經過的那幾家書店，將你的書全數買下；一方面斷絕老爸突然發神經衝動購買的消費機會，另一方面，也算是幫你解決一些滯銷危機。（抱歉對於預期銷售我們仍是如此悲觀……另外，我和三姊都有小孩要養，加上最近百貨週年慶活動那麼多，可能沒有太多閒錢，看你是否能溝通出版社，板橋地區的貨不要鋪超過五十本……）

以上是我們目前所想到的應戰計畫，不知道你那邊有沒有其他想法？是否需要在我家附近大賣場的咖啡店召開緊急會議？再由你來通知我們吧！我今晚的打字量，已經超過平常一年的標準量，再不去睡就要胃痛了。

先醬，掰！

再次被你虛構的　姊

PS：你安太歲的衣服已經放在房間好幾天了，老媽電話找不到你，要我轉告你一聲趕緊回去穿，否則衣服上的神力若白白蒸發掉，未免太浪費。你安太歲的錢我已經順便付給媽了，下次出去喝咖啡再給你請回來。

INK PUBLISHING 文學叢書 197

紫花

作　　者	徐譽誠
總 編 輯	初安民
責任編輯	施淑清
美術編輯	黃昶憲
校　　對	施淑清　徐譽誠
發 行 人	張書銘
出　　版	INK 印刻文學生活雜誌出版有限公司 台北縣中和市中正路 800 號 13 樓之 3 電話：02-22281626 傳真：02-22281598 e-mail:ink.book@msa.hinet.net
網　　址	舒讀網 http://www.sudu.cc
法律顧問	漢廷法律事務所 劉大正律師
總 代 理	展智文化事業股份有限公司 電話：02-22533362 · 22535856 傳真：02-22518350
郵政劃撥	19000691 成陽出版股份有限公司
印　　刷	海王印刷事業股份有限公司
出版日期	2008 年 8 月　初版
ISBN	978-986-6631-19-1

定價　220 元

國家圖書館出版品預行編目資料

紫花／徐譽誠著；
--初版，--臺北縣中和市：INK 印刻文學，
2008.08　面；　公分（文學叢書；197）
ISBN 978-986-6631-19-1（平裝）

857.63　　　　97011757

INK INK INK INK INK INK
INK INK INK INK INK
INK INK INK INK INK INK
INK INK INK INK INK
INK INK INK INK INK INK
INK INK INK INK INK
INK INK INK INK INK INK
INK INK INK INK INK
INK INK INK INK INK INK
INK INK INK INK INK
INK INK INK INK INK INK
INK INK INK INK INK
INK INK INK INK INK INK
INK INK INK INK INK
INK INK INK INK INK INK
INK INK INK INK INK
INK INK INK INK INK INK
INK INK INK INK INK
INK INK INK INK INK INK
INK INK INK INK INK
INK INK INK INK INK INK
INK INK INK INK INK
INK INK INK INK INK INK
INK INK INK INK INK

K INK INK INK INK INK INK
NK INK INK INK INK INK IN
K INK INK INK INK INK INK
NK INK INK INK INK INK IN
K INK INK INK INK INK INK
NK INK INK INK INK INK IN
K INK INK INK INK INK INK
NK INK INK INK INK INK IN
K INK INK INK INK INK INK
NK INK INK INK INK INK IN
K INK INK INK INK INK INK
NK INK INK INK INK INK IN
K INK INK INK INK INK INK
NK INK INK INK INK INK IN
K INK INK INK INK INK INK
NK INK INK INK INK INK IN
K INK INK INK INK INK INK
NK INK INK INK INK INK IN
K INK INK INK INK INK INK
NK INK INK INK INK INK IN
K INK INK INK INK INK INK
NK INK INK INK INK INK IN
K INK INK INK INK INK INK
NK INK INK INK INK INK IN

K INK INK INK INK INK INK
NK INK INK INK INK INK IN
K INK INK INK INK INK INK
NK INK INK INK INK INK IN
K INK INK INK INK INK INK
NK INK INK INK INK INK IN
K INK INK INK INK INK INK
NK INK INK INK INK INK IN
K INK INK INK INK INK INK
NK INK INK INK INK INK IN
K INK INK INK INK INK INK
NK INK INK INK INK INK IN
K INK INK INK INK INK INK
NK INK INK INK INK INK IN
K INK INK INK INK INK INK
NK INK INK INK INK INK IN
K INK INK INK INK INK INK
NK INK INK INK INK INK IN
K INK INK INK INK INK INK
NK INK INK INK INK INK IN
K INK INK INK INK INK INK
NK INK INK INK INK INK IN
K INK INK INK INK INK INK
NK INK INK INK INK INK IN